JN305077

地味な青年の

異世界転生記

朋友《とも》との別離

鵜 一文字
（う いちもんじ）

イラスト
KONRI

フェザー文庫

人物紹介

ケイト・アルティア……物語の語り手の少年。生前の記憶を持った『呪い付き』で他人の能力を数字で見ることが出来る。
クルス・ライエル……感情を表に出さない幼馴染の少女。誰もが認める剣の天才。故郷で事件があり、カイラルに来る。
ガイ・ライエル……クルスの義父。熊のような体格の猟師。ケイト達の師匠。
マイス・アライゼル……陽気な巨漢の剣士。故郷に恋人を残している。
ラキシス・ゲイルスタッド……ケイトの母、マリアの元仲間。『氷の魔女』の異名を持つ、超一流の精霊使い。長い刻を生きるエルフ。
シーリア・ゲイルスタッド……ケイトの幼少時の恩人、ラキシスの養女。狼の獣人で魔術師。
ゼムド……鍛冶の神に仕えるドワーフの神官。若者に助言を与えている。
ヘイン・クサナギ……カイラル王立学院に入学した故郷の友人。薬草学を学んでいる。
ホルス・エイレイ……故郷の友人。ケイトの兄、カイルと冒険者をしている。
カイル・アルティア……ケイトの兄で冒険者。カイラルでは勇名を馳せている。
サイラル……ケイトと同じく特殊な力を持つ優男。残忍な『呪い付き』。
ザグ……サイラルの部下。巨漢の戦士。シーリアを襲うが失敗する。
ジェイド・グライス……カイラルの騎士。ラキシスに仕事を押し付けられている。

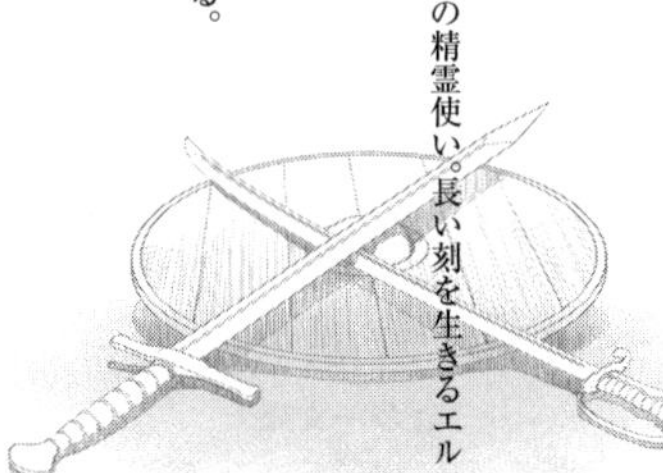

前回までのあらすじ

現代の日本で幼馴染に殺害された青年は、不思議な世界に生まれ変わった。ケイトと名付けられた元青年は、自分の存在に悩みつつも将来に向けて努力を続けることになる。

十年の時と新しい友人達との出会いは、心の奥底に負っていた深い傷を癒し、ケイトは一人の少年としてこの世界で精一杯生きていくことを決意する。

そんなケイトは幼少期に出会ったエルフ、ラキシスとの約束を守るため、そして未知への探究心を満たすために冒険者への道を選び、武者修行に出ることを考えていた友人のマイスと共に城塞都市カイラルへと向かった。

冒険者としてカイラルの迷宮に挑んでいた二人は、幼少期から培った実力で生きていくことは出来ていたが、同時に行き詰まりも感じていた。そんな時、他の冒険者の罠に引っ掛かったことをきっかけに他の仲間から見捨てられたドワーフのゼムドとラキシスの娘、シーリアと一緒に迷宮に潜ることになる。

ケイトは敵対心を隠さないシーリアと徐々に仲良くなったが、シーリアにとって自分が許しがたい存在であることに気付いていた。そのことをシーリアを狙う『呪い付き』、自分と同じ存在であるサイラルに指摘されてしまう。

葛藤を乗り越えたケイト達であったが、事件の裏側では事態は更に進行していた……

目次

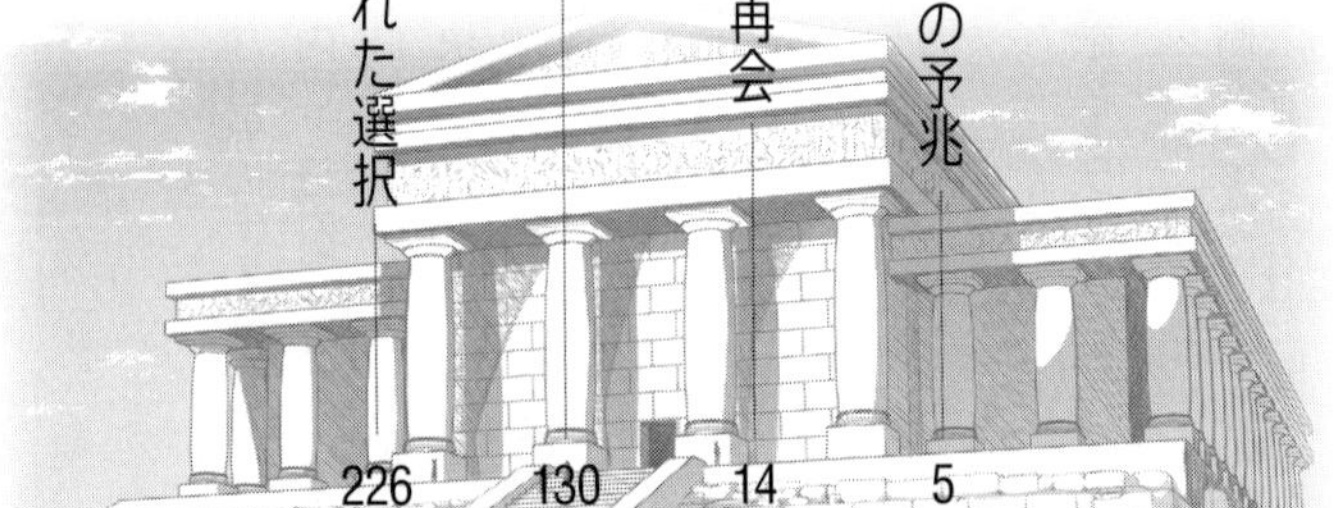

プロローグ　変化の予兆

大きな変化というのは小さな変化が集まっているのだと俺は思う。

それは後《あと》になって理解《りかい》出来るのであり、事《こと》が起こっている時には気付《きづ》くことは出来ない。

少なくとも俺にはわからなかった。一生の後悔を招《まね》く出来事であっても。

城塞都市カイラルを訪れてから出来た新しい関係の数々。共に冒険することになったシーリアやゼムドとの出会いと幼少の頃に憧《あこが》れていたラキシスさんとの再会。剣を交《まじ》えることになった大男のザグや俺と同じような不思議な能力の持ち主、『呪い付き』サイラルとの出会い。

そして街の内外で起きている事件の数々。

目に見える明《あき》らかな変化と影で進行する見えない変化。それは恐らく俺達の出会いの前から既《すで》に始まっていたのだろう。

そして先日に起きたサイラルの部下であるザグのシーリア誘拐事件。この事件を境《さかい》に俺達を取り巻く環境の変化は著《いちじる》しく加速した。

今、目の前の男とテーブルを挟《はさ》んでいるのも変化の一つと言える。

「拙僧《せっそう》だけを誘《さそ》うとは珍《めずら》しい。姫でも誘えば良いものを。物好《ものず》きじゃの」

「マイスとシーリアも心配しているからね。迷宮で気を抜《ぬ》かれると安全に関《かか》わる」

「しっかり戦っておるつもりじゃがのぅ」

「戦闘中はね。それ以外はあからさまだよ」

目の前に座《すわ》るがっちりした小男は、髭《ひげ》を触《さわ》りながらムムッと唸《うな》った。

中年の獣人が給仕を務《つと》める場末《ばすえ》の酒場で、俺は仲間のドワーフ、ゼムドと向《む》かい合っている。彼はザグの事件の前後から、深く考え込むことが多くなった。

迷宮《めいきゅう》の探索自体は以前にも増して順調に進んでいる。地下二階から三階、そして四階五階へと進み、経験を積《つ》むことで俺達の実力は確実に上《あ》がっている。だが、ゼムドの悩《なや》みは時が流れても解決することなく、深刻《しんこく》さを増《ま》しているようであった。

マイスとシーリアもそんな彼の様子には気付《きづ》いており、彼等なりにさりげなくゼムドを気遣《きづか》っていた。ただ、どちらも顔に出易《でやす》い上に隠《かく》し事《ごと》の出来ない性格のため、俺にもゼムドにも丸分かりではあったが。

「何だか取り込んでいるようだね」

ただ、俺は少しだけ二人とは違う。心配はしているが、それだけではない。

だからこそ、俺は二人だけで彼と顔を合わせている。ゼムドも察《さつ》したのだろう。その表情《ひょうじょう》は暗《くら》い。だが、俺がそれを避《さ》ける訳にはいかない。

彼は麦酒の入ったジョッキをグッと煽《あお》り、一気に飲《の》み干《ほ》すと長い溜息《ためいき》を吐《つ》いた。

「なるほど……拙僧《せっそう》を疑《うたが》っておるのか？」

「無条件に信用しているとは言えない」

俺はだけど、と言葉を続ける。

「信頼はしているつもりだし、悩んでいるなら力になりたいとは思っている。ゼムドは命の恩人だからね」

そう締《し》めくくると、ゼムドは一瞬ポカンと口を開け、喉《のど》を鳴《な》らして笑った。

「正直《しょうじき》じゃの。愚直《ぐちょく》というべきか」

「不器用で悪いね」

「じゃが、存外《ぞんがい》用心深いようじゃな。初めはお人好《ひとよ》しなただの子供と思っておったが、侮《あなど》れん男だのぉ」

俺は頷《うなず》きもせず、ただ、ゼムドの眼を真《ま》っ直《す》ぐに見つめる。数ヶ月彼と共に行動することで、俺はかつて感じた小さな違和感の正体を察《さっ》していた。

彼は不自然なくらいに数々の事件に関係している。

性格的に彼とは明《あき》らかに相容《あいい》れない存在であるはずのサイラルが俺達との因縁《いんねん》が出来る前からの知り合いであること。

ゼムドと初めて会った時、確か彼は一緒にいたサイラルとザグの行動を『茶番』だと言っていた。あの時は流していたけど不自然な言葉だ。

ヘインから聞いたきな臭《くさ》い事件の裏側に見え隠《かく》れする異種族の組織『リブレイス』とそれに関《かか》わる『呪い付き』の存在。何らかの組織に繋《つな》がっているのか俺を『呪い付き』だと知っていたサイラル。

そして最近に起きたザグによるシーリア誘拐事件。あの時は俺達を助けてくれたのだが、そのアジトにマイスを案内したのはゼムドだった。その直後から、彼の様子は明らかに変わってしまっている。

一つ一つの繋がりは僅《わず》かに過《す》ぎない。だが、俺は漠然《ばくぜん》とした不安を感じている。同時に、何か深刻《しんこく》な悩《なや》みがあるならば、仲間として手を貸したいとも考えている。シーリアが巻き込まれた事件で命を助けられたことへの借りがあるから。

複雑な感情を正直《しょうじき》に告《つ》げた俺に対して、ゼムドは失望はしなかったようだ。彼は穏《おだ》やかに微笑《ほほえ》みながら目を閉じていた。

「そうじゃの。何から話せば良いものか」

二杯目の麦酒の入ったジョッキに彼はゆっくりと口を付《つ》ける。薄暗《うすぐら》いテーブルの炎が静かに揺《ゆ》れるだけの沈黙の時間がしばらく流れ、彼は二杯目を飲《の》み干して、ようやく口を開いた。

「そう、ケイト殿。拙僧《せっそう》には叶《かな》えたい夢があるのじゃ」

「夢？」

「うむ。我《わ》が友と共に見た夢……叶《かな》えるべき理想と言うべきか」

遠い過去を懐《なつ》かしむように小さな蒼《あお》い瞳《ひとみ》を細め、髭《ひげ》を触《さわ》りながらゼムドは続ける。

「友は死に、娘が跡《あと》を継《つ》いだ。娘は友の意志を継ぎ、拙僧《せっそう》はそれに協力しておる。だが、何かの運命だったのかの。娘がその理想を貫《つらぬ》くために助けた一人の男は、偶然《ぐうぜん》にもその理想を実現する力と知恵を持っておった」

彼の言葉は一つの確信を俺に抱《いだ》かせるのに十分なものであったが、何も返《かえ》さずに黙《だま》って頷《うなず》く。彼の話の内容が何を指《さ》すのか、言っている本人も理《り》解《かい》しているはずだ。それでも話さなくてはいけない事柄《ことがら》なのだろう。

だから、俺は歯を食いしばって問《と》い質《ただ》したい気持ちを抑《おさ》えた。彼はそんな俺を見て、微《かす》かに口の端《はし》を上《あ》げ、気付《きづ》かない振《ふ》りをして先を話す。

「そやつは娘に感謝し、協力を誓《ちか》うと、バラバラだった異種族の組織を纏《まと》め上《あ》げた。異種族と一口でいっても習慣《しゅうかん》も性質《せいしつ》もまるで異《こと》なる者達じゃ。無論、簡単なことではない。じゃが奴《やつ》は容易《ようい》にそれを成《な》し遂《と》げた。結果、組織は力を持ち、多くの者が救《すく》われておる」

「優秀な人なんだね」

「うむ。空恐《そらおそ》ろしくなるほどにな」

理想が実現に向《む》かっている。喜《よろこ》ぶべき事柄のはずだ。しかし、ゼムドは苦《にが》いものを飲《の》み下《くだ》すように麦酒を傾《かたむ》けていた。

「拙僧は今、望《のぞ》んでいた通《とお》りの理想を実現するために歯車として生きておる」

「悩《なや》んでいるのはそのこと？」

俺が水を向けると、ゼムドは頷いて力無く微笑《ほほえ》む。

「そうじゃの。理想と現実、頭の悪い拙僧には難《むずか》し過《す》ぎるわい。自分は甘《あま》かったのかもしれん。現実はこの店の安っぽい麦酒よりも遥《はる》かに苦いわ」

「なるほど、、現実は厳《きび》しい……か」

理想だけでは物事《ものごと》を達成《たっせい》することは出来ない。現実にするには行動が必要になる。その行動がゼムドに不向《ふむ》きであるならば、辛《つら》いことなのかもしれない。そんな風に考えているとジョッキを揺《ゆ》らしていたゼムドが疲《つか》れた表情《ひょうじょう》で俺に問《と》い掛《か》けてきた。

「ケイト殿はどうして冒険者をしておるのだ？」

「俺はこの広い世界を見たい。それだけだよ。理想も何もない」

薄暗《うすぐら》い店内で果実水に口を付《つ》けながら、俺は正直《しょうじき》に即答《そくとう》する。

「それもまた良いのかもしれん。羨《うらや》ましいわ……理想に縛《しば》られず、権力に媚《こ》びず、差別《さべつ》もしない。自由な旅人《たびびと》といったところか。お主の性格じゃと女には縛られるかもしれんが」

「俺は英雄になれる器《うつわ》じゃないしね。身近《みぢか》な人しか守れないよ」

からかうゼムドにそう冗談《じょうだん》めかして答えると、彼も笑い声を上《あ》げた。そうしてひとしきり笑った後《あと》、彼は立ち上がり、テーブルに擦《す》りつけるように深々《ふかぶか》と頭を下《さ》げる。

悩《なや》んでいる時の苦《くる》しそうな表情《ひょうじょう》のままで。

「ケイト殿に頼《たの》みがある」

「俺に出来ることなら」

「姫を……シーリア殿を守《まも》り抜《ぬ》いて欲《ほ》しい」

俺はすぐには答えられずに押し黙《だま》った。

託《たく》されたゼムドの願《ねが》いは俺にとっては当然のものである。彼もそれは理解《りかい》しているはずだ。既《すで》に一度彼女のために、俺は命を賭《か》けているのだから。

それだけに、念を押すようなその願いの意味は重く感じられた。

『自分ではもう守れない』

そう言っているように、俺には思えたのである。俺はゼムドの真意を計《はか》りながらも「わかった」と首を縦《たて》に振《ふ》った。

代金を支払い、別れる前に俺はゼムドに問《と》う。

「最後に聞きたいんだけど、ゼムド達の理想ってどんなものなんだ?」

「拙僧《せっそう》らの理想は、差《さ》別《べつ》のない世界を作ることじゃ。拙僧らのような異種族だけでなく人間も含《ふく》めての……遠い夢じゃな。年を取るほど遠くなるわ」

胸が痛む。俺にはゼムドの悩みの助けになることはできない。彼の願いを聞き、諦観《ていかん》と決意の入《い》り混《ま》じった表情《かお》を見た俺はそう確信してしまった。彼は既《すで》に『選んでいる』のだと。

腕を上《あ》げて去っていく彼の姿《すがた》を見つめながら、俺は仲間として信頼していたゼムドとの別離《べつり》を予感せずにはいられなかった。

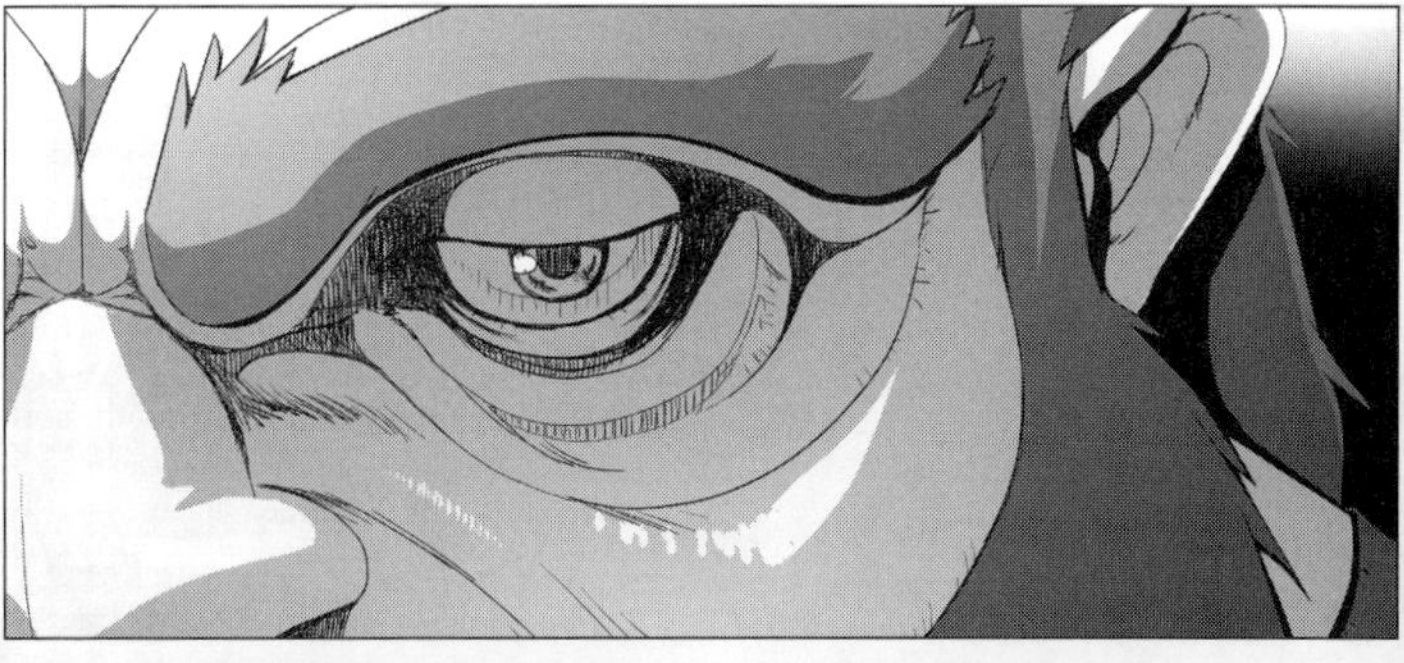

一章　幼馴染との再会

薄暗《うすぐら》い部屋の中、古びた小さな机《つくえ》の上に九通の白い便箋《びんせん》が並んでいる。

一通一通、丁寧《ていねい》に、そして丹念《たんねん》に書《か》き込《こ》まれたこれらの手紙を全《すべ》て読みなおすと、俺は長い溜息《ためいき》を漏《も》らし、椅子《いす》に背を任《まか》せて目を閉じた。

迷宮帰《めいきゅうがえ》りの冒険者や仕事を終《お》えた近隣《きんりん》の住民で賑《にぎ》わう俺達の定宿《ていしゅく》、『雅《みやび》な華亭《はなてい》』の二階にある俺の部屋には、日が暮《く》れてからずっと騒《さわ》がしい声《こえ》が響《ひび》いていたが、夜半《やはん》を過《す》ぎるとさすがにそれも静《しず》まりきり、ランプの安い魚油《ぎょゆ》が燃《も》える微《かす》かな音だけが支配している。

「クルスがカイラルに来る……か」

手紙の主《ぬし》は半年以上前に故郷《こきょう》であるクルト村で別《わか》れを告《つ》げた少女。

別れたばかりの頃《ころ》は寂《さび》しいというだけだった手紙も、時

が流《なが》れていくに連《つ》れ、友人が出来《でき》たことや村の人達との付《つ》き合《あ》いが増えたこと、面倒な男の誘《さそ》いが増えたことに対する俺への非難《ひなん》や楽しかった出来事《できごと》など、その内容は徐々に広がっていた。

それは俺が願《ねが》っていたクルスの自立であり、俺や友人、家族以外とは関《かか》わろうとしなかった彼女の成長である。しかし、俺はそのことに喜《よろこ》びだけでなく、情《なさ》けないが僅《わず》かな胸《むね》の痛《いた》みも感《かん》じていた。やがては平和で穏《おだ》やかな生活の中で俺とのことも単《たん》なる幼馴染《おさななじみ》との思い出になってしまうのだろうと。

だが、クルスはカイラルに来ることを選《えら》んだ。村での生活を捨《す》て、冒険者になるために。

「おい、ケイト。入《はい》るぜ？」

「ああ」

思考を中断させるように力強くノックしたマイスが部屋の中に入り、ベッドを椅子代《が》わりにして腰《こし》を掛《か》けた。勢《いきお》い良《よ》く座《すわ》りベッドを大きく軋《きし》ませている彼は、俺とは違《ちが》い表情《ひょうじょう》は明るく、人の気も知らないで、こちらを見るなり噴出《ふきだ》して笑《わら》い声《こえ》を上《あ》げている。

「おいおい、なんで怒《おこ》るんだよ」

ムッとして、のんきな性格の大柄《おおがら》な親友を睨《にら》み付《つ》けると彼は苦笑《くしょう》し、俺を押《お》しとどめるように手を前に出《だ》した。

「こっちは真剣に悩《なや》んでいるってのに」

「そうか？　俺には悩んでいるようには見えないがな」

「どう見える？」

「あいつが変わっているのをビビってる感《かん》じ……ってところか？」

笑《え》みを収《おさ》めるとマイスは見透《みす》かしたように、穏《おだ》やかな表情《ひょうじょう》でこちらを見る。俺は反論はせずに黙《だま》って左手で頭を掻《か》いた。

俺とマイスの間《あいだ》に、短い沈黙《ちんもく》の時が流《なが》れる。

認《みと》め難《がた》いが彼の答《こた》えは完全には間違《まちが》ってはいない。俺が望《のぞ》んだことなのに未練《みれん》がましいとは思うのだが、偽《いつわ》らざる気持ちだ。

だが、問題はそれだけではない。今組《く》んでいる仲間との関係もあるし、それ以上に、

「俺は厄介《やっかい》な奴《やつ》らに狙《ねら》われているからね」

「ふむ。傍《そば》にいれば巻《ま》き込《こ》まれる……か」

困《こま》ったように顎《あご》をさすり、マイスは唸《うな》る。今更《いまさら》ながら思い出《だ》したのだろう。

俺達が厄介な奴らに狙われていることを。

マイスはしばらく考え込んでいた様子《ようす》だったが、頭が痛《いた》くなってきたのか、ガシガシ頭をかきむしってベッドに寝《ね》転《ころ》んだ。

「だがよぉ」

ベッドの上で大の字になりながら、彼は呟《つぶや》く。

「なあケイト。お前、もしかして勘違《かんちが》いしてないか？」

「そうかな？」

「ああ。間違《まちが》いないな」

そう断定すると身体《からだ》を起こし、真剣な眼差《まなざ》しをこちらに向《む》けた。

「お前が危険だからこそ、あいつはカイラルに来るんだろ。もし、俺があいつの立場《たちば》でも同じことを考えるさ。お前も絶対にな」

右手を握《にぎ》り、手の平に打《う》ち付《つ》け、マイスは当然とばかりに言《い》い切《き》る。

「危険だからこそ、すぐにでも駆《か》け付《つ》ける。ためらいなんてあるわけねえ」

一度言葉を切《き》り、ニッと笑《わら》う。次の言葉は簡単に予測《よそく》できた。

俺も彼の言《い》い分をようやく理解し、小さく笑う。

「親友だからな」

「なるほどね」

危険だから止《や》めておくという選択肢《せんたくし》はないのだろう。彼女は元より俺を守ってくれるために強くなったのだから。

「クルスは俺以上に、お前に対して色んな思いがあるはずだ」

マイスの言葉を俺は頷《うなず》いて肯定《こうてい》する。それだけは疑《うたが》いようがない。

この半年に彼女を変える出来事《できごと》があったとしても、例《たと》え俺よりも大事《だいじ》な人が出来たとしても、この街に来ている以上は色んな思いを抱《かか》えているだろう。

俺はまだ、彼女の意思《いし》を確認《かくにん》していない。そして、俺には彼女の決断がどんなものであっても、それを聞《き》き届《とど》ける義務《ぎむ》がある。その上で問題があるならば、解決すればいい。

「あいつが一番会いたいはずのお前が難《むずか》しい顔をしてやるなよ。まずは、友人の来訪《らいほう》をちゃんと喜《よろこ》んでやろうぜ」

「クルスに再会出来るのは本当に嬉《うれ》しいよ」

これもまた嘘偽《うそいつわ》りない俺の気持ちだ。クルスのことを考えると、落《お》ち着《つ》かなくなるし、村でのことを思い出《だ》して心臓の鼓動《こどう》も早くなる。恥《は》ずかしさもある。

複雑な気分になって苦笑《くしょう》し、頭を掻《か》くと、マイスはからかうようにニヤリと笑った。

「まさか、お前が悩《なや》んでいるのはシーリアへの浮気《うわき》を、どう隠《かく》すか考えているからじゃないだろうな。俺は正直にありのままを話すぞ？」

「やましいことは何《なに》もない！」

「いやー、どうかなあ。判断するのは俺じゃないし？」

狼の獣人の魔術師《まじゅつし》、シーリアは新《あら》たにカイラルで知り合《あ》った友人だ。

確《たし》かに彼女とは仲良《なかよ》くなったが関係はあくまで友人である。時には必要な物《もの》を一緒《いっしょ》に買いに行《い》ったりはするが、それは異種族《いしゅぞく》であるために絡《から》まれ易《やす》い彼女の護衛《ごえい》も兼《か》ねているからだ。マイスもわかって言っているはずだ。だから俺

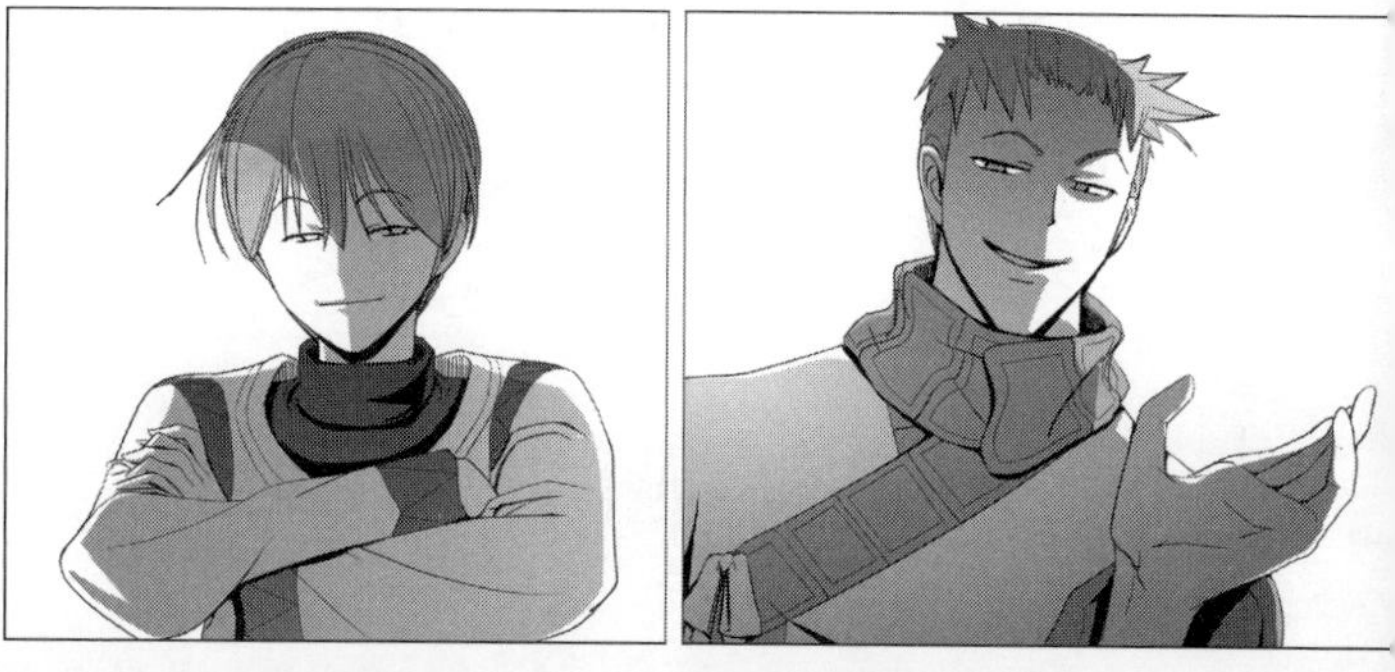

も言《い》い返《かえ》す。

「じゃあ、俺はあることないこと、リイナに言うことにしよう」

「おい、ずるいぞ！」

わざとらしく腕《うで》を組《く》んで、俺も笑《わら》った。

難《むずか》しいことを考えるのは終わりだ。まずは、マイスの言うとおり、クルスの来訪《らいほう》を喜《よろこ》ぼう。

俺はそう心に誓《ちか》いながら、夜遅《よるおそ》くまでマイスと他愛《たあい》ない戯《たわむ》れあいを続《つづ》けていた。

城塞都市《じようさいとし》カイラルは数十万の人口を抱《かか》える大都市である。巨大な河川《かせん》による水運《すいうん》がもたらす豊富《ほうふ》な物品《ぶっぴん》とその売買《ばいばい》に重要な役割を果《は》たす様々《さまざま》な地へと繋《つな》がる街道《かいどう》、魔力石を産出《さんしゅつ》する迷宮《めいきゅう》。冒険者だけでなく多くの人々が成功を夢見《ゆめみ》てこの街を訪《おとず》れる。

故郷《こきょう》であるクルト村から出て来た俺とマイスの目的は地位《ちい》や財産《ざいさん》ではないが、このようなカイラル特有《とくゆう》の事情《じじょう》は無関係《むかんけい》ではない。

俺の目的は世界を廻《まわ》ることであり、マイスの目的は村を守るための実力を身《み》に付《つ》けることだ。そのために俺達は必要な実力を付《つ》け、路銀《ろぎん》を稼《かせ》いでいる。

そんな俺達が拠点《きょてん》としている『雅《みやび》な華亭《はなてい》』は、日が傾《かたむ》くといつものように大勢の冒険帰《がえ》りの冒険者や仕事を終《お》えた住人達で賑《にぎ》わっていた。

エーデルおばさんの作る美味《おい》しくてボリュームのある料理が食堂の数多くあるテーブルを

占拠《せんきょ》し、客は酒と料理と友人達との雑談《ざつだん》で一日の疲《つか》れを癒《いや》している。

俺達もまたテーブルを囲《かこ》んで食事と酒を楽しんで……いなかった。

今日も一日の迷宮探索《たんさく》を終えた俺達は、重苦《おもくる》しい空気の中で料理を摘《つま》んでいる。別に今日の稼ぎが悪かったとか動《うご》きが悪かったとかではない。

原因《げんいん》はたった一枚の手紙。

「そういうわけで、俺達の幼馴染《おさななじみ》が予定通《どお》り、明日《あす》来る」

「ふぅむ。にしては嬉《うれ》しそうではないのぉ。ま、姫《ひめ》のこの様子《ようす》では仕方《しかた》ないかもしれんが」

クルスからの手紙が届《とど》いてから数日が経《た》ち、彼女がカイラルに着《つ》く日は明日に迫《せま》っている。

だが、話し合《あ》いは遅々《ちち》として進《すす》んでいない。

原因は俺の隣《となり》で不機嫌《ふきげん》そうに麦酒を煽《あお》っている丈《たけ》の長いローブを着《き》た銀髪の女性、獣人のシーリアにある。彼女はクルスの突然《とつぜん》の来訪を快《こころよ》く思っているわけではなかった。

しかし、彼女が納得《なっとく》しないなら、それはそれで困《こま》ったことになる。

マイスは他人事《ひとごと》のように笑ってそんな状況を楽しんでいるが、大袈裟《おおげさ》なことは決して書かないクルスがマイスにも特別な話《はなし》があると書いていたのだ。恐《おそ》らくすぐに俺を笑えなくなるはずだが、忘《わす》れているのかお気楽なものである。

そんな中、ゼムドは長い髭《ひげ》を触《さわ》りながら目を瞑《つむ》り、しばらく黙《だま》って考え込《こ》んでから口を開《ひら》く。

「拙僧《せっそう》としては、そのクルスと言《い》ったかの。その娘《むすめ》次第《しだい》じゃのお」

「私は反対！　折角《せっかく》四人で上手《うま》くいっているのに。おかしくなるだけよ」

　ゼムドの立場《たちば》は中立。人を見てといったところか。だが、シーリアは狼の耳をピンと立《た》て、不機嫌《ふきげん》さを隠《かく》さずに反対し、麦酒を煽《あお》っている。彼女が言《い》いたいこともわからないではないのだが。確《たし》かにその不安は俺も持《も》っている。

「俺は賛成だな。あいつ本気で強いぜ？」

　マイスはエーデルおばさんの秘伝《ひでん》のソースがかかった肉料理を頬張《ほおば》りながら一人だけ上機嫌《じょうきげん》そうな笑《え》みを浮《う》かべてそう言った。

　俺はマイスの方を向《む》いて黙《だま》って頷《うなず》く。そう、実力は心配していない。

「賛成一、反対一、保留《ほりゅう》一かな」

「ケイトはどうなのよ」

　隣《となり》に座《すわ》っているシーリアがアルコールで少し顔を赤《あか》らめ

ながら、麦酒の入《はい》ったジョッキで俺の肩《かた》を突《つ》っついてこちらを見た。

「一度様子《ようす》をみたいかなと思ってる。マイスはともかく二人はクルスをよく知らないしね」

「大事《だいじ》な……特別な娘《こ》だから？」

シーリアが俺の考えを見透《みす》かすように瞳《ひとみ》を見詰《みつ》める。そう邪推《じゃすい》されるのも当然なので怒《いか》りは湧《わ》かなかった。俺はシーリアとゼムドを順番に見て答《こた》える。

「同郷《どうきょう》の友人だから放《ほう》っておけないのは確《たし》かにある。だけど、剣の腕《うで》は間違《まちが》いない。問題はシーリアの言うように仲間同士で協力していけるかなんだけど」

かつてのクルスを思い出《だ》す。俺達以外と彼女が上手《うま》くやっていけるのか。考えてはみたが想像出来《そうぞうでき》ず、思ったままを素直《すなお》に答える。

「それがわからない。だから一度二人に彼女を見てもらいたい。駄目《だめ》かな？」

「拙僧《せっそう》はそもそも反対ではないからの。構《かま》わぬよ」

ゼムドは穏《おだ》やかな笑《え》みを浮《う》かべて頷《うなず》き、シーリアの方はジョッキに口を付《つ》けながら悩《なや》んでいる様子《ようす》だったがゼムドが認《みと》めると仕方《しかた》がなさそうに苦笑《にがわら》いして首を縦《たて》に振《ふ》った。

「そんな顔をされたら断《ことわ》れないじゃない。でも駄目《だめ》なら駄目って言《い》うわよ？」

「ありがとう。シーリア」

「ふんっ」

照《て》れくさそうにそっぽを向《む》いた彼女に礼《れい》を言う。彼女は感情的だが、それでも冷静《れいせい》な判断を失《うしな》わないし、頭の回転は早くて鋭《するど》い。

俺達にクルスが必要であるならば、彼女も認《みと》めてくれそうだ。そう安心していると、マイスが「ああ」と声《こえ》を上《あ》げる。

「そういや、ケイトお前……そんでシーリアが駄目って言ったらどうすんだよ」

「その時は」

考えていなかった。俺は内心で唸《うな》り、頭をガシガシと掻《か》

きながら慌《あわ》てて考える。もし、ゼムドとシーリアが駄目と言ったら俺達は彼等《かれら》かクルスかを選《えら》ばなくてはならない。

　急なこちらの都合《つごう》で別《わか》れを切《き》り出《だ》すのはあまりにも不義理《ぎり》だ。特にシーリアに関《かん》しては、恩人であるラキシスさんに直接頼《たの》んだというのもある。だが、クルスを放《ほう》っておくことは俺には出《で》来《き》そうにない。

　ふと、顔を上げるとシーリアがジ～～～っと穴が空《あ》きそうなほど見ていた。怒《おこ》っているわけでも疑《うたが》っているようでもない。ただ、無表情《むひょうじょう》でこちらを見ていた。

　何故《なぜ》か身体《からだ》が震《ふる》える。が、コホンと咳払《せきばら》いして俺は続《つづ》けた。

「まずはクルスと会ってからだな。無理そうなら……そうだな、村に帰《かえ》るように説得《せっとく》する」

「ふん、当たり前よ。私は手紙を読んだ限《かぎ》りあんまり仲良《なかよ》く出来る気はしないし。あ、ちゃんと彼女の実力は見るわよ。誤解《ごかい》しないで」

「大人《おとな》だね。シーリアは」

　俺がそうやって褒《ほ》めると当たり前といった感《かん》じで頷きもせず

に料理を摘《つま》んでいた。だが、耳はパタパタと動《うご》いていた。

嘘《うそ》が付《つ》けない人だなぁと思う。

「俺はクルスがそれくらいで諦《あきら》めるとは思えねえんだがなぁ」

マイスが苦笑《にがわら》いしながら呟《つぶや》いていた。俺もそう思わないでもないが。

だけど、俺はそこまで深刻《しんこく》に捉《とら》えていなかった。マイスにも見せていないが、手紙には友人が出来《でき》た事《こと》や、村の人達との付《つ》き合《あ》いも増えたと書かれていたから。

俺がいないことでクルスが成長している。そんな期待《きたい》もあった。

俺以外の男を好きになるかもしれないという寂《さび》しさはあったが、多くの関《かか》わりを新しく持《も》つことを望《のぞ》んだのは俺自《じ》身《しん》だ。喜《よろこ》ぶべきだろう。

しかし。

「どうした？　何《なに》か悩《なや》んでいるようじゃのぅ」

「え、ああ、大丈夫。じゃあ、二人とも明日《あす》はよろしく」

いや、悩むことでもないだろう。ゼムドの心配そうな声《こえ》で俺は我《われ》に返《かえ》るとこの話《はなし》を打《う》ち切《き》って、他《ほか》の話題に切り替《か》えた。

翌日《よくじつ》の朝、宿《やど》の主人であるエーデルおばさんから、待ち合わせの伝言を受《う》け取《と》った俺達は待ち合わせ場所へと向《む》かった。出《で》迎《むか》えに行《い》ったのは俺とマイスだけだ。後《あと》の二人には別の場所で待ってもらっている。再会は俺達だけの方がいいだろうというシーリアの気遣《きづか》いだった。

たった数ヶ月。それだけしか離《はな》れていなかったのに、いざ彼女と会うとなると本当に緊張《きんちょう》してしまう。マイスはそんなガチガチな俺を見ながらニヤニヤしていたが、睨《にら》むくらいしかできない。

待ち合わせ場所である第一市街の南門は早朝から多くの冒険者達で賑《にぎ》わっていた。

ここは定番《ていばん》の待ち合わせ場所の一つであり、ここにいるとまだ見ぬ今日の稼《かせ》ぎにワクワクしているような話し声が耳に入《はい》ってくる。

俺達がそんな南門に着《つ》くと懐《なつ》かしい二人が既《すで》に待っていた。背が高《たか》くて体格のいい大男、俺達の師匠でもある狩人《かりうど》のガイさん。そして。

「ケイト、マイス。久《ひさ》しぶり」

絹糸《きぬいと》のような黒髪《くろかみ》、落《お》ち着いた雰囲気《ふんいき》。可愛《かわい》いというよりは美しいといった言葉が似合《にあ》う少女。数カ月経《た》って、少しだけ大人《おとな》っぽくなったように見える幼馴染《おさななじみ》が微笑《ほほえ》んでいた。

「クルス。久しぶり。会えて嬉《うれ》しいよ」

俺も笑顔《えがお》でそう応《こた》える。昨日までの悩《なや》みがなかったかのように、ただ本当に嬉しさだけがあり、言葉も口から自然と溢《こぼ》れた。目の前で透《す》き通《とお》った笑《え》みを浮《う》かべている彼女もまた、同じ気持ちなのかもしれない。

「私も冒険者に……なるよ。強くなって……そして世界を見て廻《まわ》る」

「そっか。とりあえず仲間に紹介《しょうかい》するよ」

「うん」

いつになく楽しそうなクルスの言葉に安心する。その好奇心《こうきしん》に溢《あふ》れる言葉に偽《いつわ》りはなさそうだった。もしかすると、村での生活で何《なに》か大きな出来事《できごと》を乗《の》り越《こ》えたのかもしれない。

ただ、小さな違和感も覚《おぼ》えている。

「そういえば。クルス、宿《やど》は？」

「お義父《とう》さんがケイトになんとかしてもらえって」

ふと、ガイさんの方を向《む》くと、彼はなんだか笑《わら》っているのに泣いているように見えた。きっとクルスと別《わか》れるのが辛《つら》いのだろう。しばらく会えなくなるのだし。

「ガイさん。娘《むすめ》さん、おめでとうございます。セレナちゃんでしたっけ？」

「おう。クルスの妹だ。別嬪《べっぴん》になるぜ。クルスのことは宿も含《ふく》めてお前に全部任《まか》せるが……絶対泣かせるなよ。絶対だぞ！泣かせたらどうなるか、わかってんだろうなぁ？」

ガイさんは真顔《まがお》で、俺の肩《かた》を両手でばしばしと叩《たた》いていた。なんだか殺気《さっき》がこもっている気がする。そんな光景にクルスは微笑んでいたが、そこで、ようやく俺は違和感の原因《げんいん》に気付《きづ》いた。

（やっとわかった。あの首飾《くびかざ》りを付《つ》けてないんだ）

冒険に出るのだし、村に置《お》いているのかもしれない。それに、付けてなくてもそれは彼女の意思《いし》だ。贈《おく》った俺がとやかく言うことじゃない。

「ケイト？」

彼女自身《じしん》に俺のことも含《ふく》めてしっかり考えるように、と言《い》っておいて不安を感《かん》じるのはさすがに情《なさ》けない。頭を掻《か》いて自嘲《じちょう》し、小首《こくび》を傾《かし》げているクルスに笑《わら》いかける。

「なんでもない。頑張《がんば》ろうな」

「うん」

クルスは嬉《うれ》しそうに頷《うなず》いた。彼女は前よりも明るくなった。

それは祝福《しゅくふく》すべきことだろう。そう思い、俺は僅《わず》かに湧《わ》き上《あ》がった不安を強引《ごういん》に心の中に押《お》し込《こ》めて忘《わす》れることにした。

クルスと合流した俺達は、ゆっくりと物珍《ものめずら》しそうに辺《あた》りを見《み》回《まわ》している彼女に街を案内しながら、残《のこ》り二人が待つシーリアの義母《はは》であり、エルフであるラキシスさんの家へと向《む》かった。

クルスはラキシスさんの名前を聞《き》くと、村ではあまり見たことのない、なんだか嫌《きら》いな食べ物を目の前に置かれたような顔をしていたが、迷宮《めいきゅう》の近くで集《あつ》まりやすい場所だからと説明すると不承不承《ふしょうぶしょう》頷いていた。

本当に手紙に何《なに》を書きあっていたのだろうか。気になって聞いてみたが、

「内緒」

と、微妙《びみょう》な表情《ひょうじょう》で俺に告《つ》げ、教えてはくれなかった。

ラキシスさんの邸宅《ていたく》は第一市街の中の高級住宅地にある。この一帯は貴族や大商人の家が殆《ほとん》どで造《つく》りの良い家が多く、彼女の住居も例外ではない。

クルスもラキシスさんの邸宅を見て感心するような声《こえ》を少しだけ上げていた。

ドンドンとノックをすると鎧《よろい》を着込《きこ》んだゼムドが中から出て

来る。彼はクルスの顔を見るとにこやかに笑《わら》って頭を下《さ》げ、中に入《はい》るように促《うなが》した。

「ラキシス殿と姫《ひめ》は飲み物《もの》を入《い》れてくれておるでの。紹介《しょうかい》は客間《きゃくま》でしてくれんかの」

「わかった。気を使わせたかな」

俺は苦笑《くしょう》したが、ゼムドは長い髭《ひげ》をさすりながらにやりと笑って首を横に振《ふ》る。そして、興味深《きょうみ》そうにクルスの顔を見上《みあ》げる。

「姫は不機嫌《ふきげん》そうじゃったがラキシス殿は楽しそうに見えたのう。気のせいかもしれんが」

「気のせい。気のせい。歓迎《かんげい》はされないはず」

そんなゼムドにクルスはにこりともせずに呟《つぶや》くように返《かえ》した。愛想《あいそ》の欠片《かけら》もない受《う》け答《こた》えにゼムドは気を悪くする様子《ようす》もなく、そうか、と笑って頷《うなず》いていた。

観葉植物が所狭《ところせま》しと並べられた客間でしばらくラキシスさんとシーリアを待ち、彼女達が席に付《つ》くのを待つ。シーリアが俺の隣《となり》に当たり前のように座《すわ》るクルスを見て一瞬ビ

クッと反応したが、すぐに表情《ひょうじょう》を消《け》して彼女はラキシスさんの隣に座った。ゼムドの言《い》うとおり不機嫌そうだ。

全員が席に付くと、視線《しせん》が俺に集《あつ》まる。どうやら司会をやれってことらしい。俺は頭を掻《か》きながら頷いて話合《はなしあ》いを進《すす》めることにした。

「じゃあ、クルス。自己紹介を」

「クルス・ライエル。よろしく」

短くそれだけを言《い》ってクルスは頭を軽《かる》く下げ、硬《かた》い表情でラキシスさんとシーリアを見つめる。敵意とまではいかないが、あまり良《よ》くは思っていないらしい。

シーリアはそんなクルスの態度《たいど》に眉《まゆ》をよせていたが、ラキシスさんは微笑《ほほえ》ましいものを見るようにクルスに視線を合《あ》わせた後《あと》、俺の方を向《む》いた。

「私がお願《ねが》いするのも筋《すじ》が違《ちが》うのだけれど、クルスちゃんも連《つ》れて行《い》って欲《ほ》しいの」

「ほう……それはまたどうしてかの？」

理由を聞《き》いたのはゼムドだった。彼は見透《みす》かすような目でラキシスさんを伺《うかが》っている。俺も彼女がクルスのために頼《たの》むというのは意外《いがい》だった。マイスも困惑《こんわく》している。

シーリアも意外だったのか一瞬だけ呆気《あっけ》にとられ、その後は不機嫌そうに唸《うな》っていたが、ラキシスさんは気にせず続《つづ》ける。

「腕《うで》が良《よ》くて絶対に信用できる相手は貴重だから。今の状況ではね」

「ふむ。確《たし》かにの。護衛《ごえい》にはうってつけというわけか」

「そういうことよ。ゼムド」

ラキシスさんはゼムドの答《こた》えを強く肯定《こうてい》した。確かにクルスであればどんな状況であっても信用できるだろう。だが、俺は誰《だれ》にもわからぬよう刹那《せつな》の間《あいだ》だけ奥歯を噛《か》んだ。

クルスを信じながらも絶対など無《な》いと胸《むね》が痛《いた》む。まるで呪《のろ》いのように。しかし、クルスはそんな俺の葛藤《かっとう》を見抜《みぬ》いているかのように、ちらりと俺と視線《しせん》を交《か》わし、口を開《ひら》く。

「私はケイトを守りに来たんじゃない」

普段通《ふだんどお》りの淡々《たんたん》とした口調《くちょう》。だけど、強い意思《いし》が感《かん》じられる表情《かお》でクルスは告《つ》げる。意外《いがい》な言葉に俺だけではなく、全員が一瞬、呆気《あっけ》に取られる。

「ケイトと一緒《いっしょ》に、ケイトを狙《ねら》う相手と決着《けっちゃく》を付《つ》けるために来た」

彼女の言葉は決意と自信に満ちていた。一見しただけでは表情に乏《とぼ》しく無感情にしか見えないクルスの好戦的な発言にゼムドとシーリアは唖然《あぜん》としていたが、それまで黙《だま》っていたマイスだけは大笑《おおわら》いし、クルスの背中を叩《たた》いている。

「ぷっくくっ！　いやー全《まった》く、相変《あいか》わらず攻撃的な奴《やつ》だなぁ」

「馬鹿《ばか》。痛い」

不満《ふまん》そうに顔をしかめ、彼女は大人《おとな》しく叩かれていた。

ゼムドは立《た》ち直《なお》ると興味深《きょうみぶか》そうな笑《え》みを浮《う》かべていたが、シーリアは納得出来《なっとくでき》ないといっ

た風《ふう》にクルスを睨《にら》みつけている。

「別に貴女《あなた》がいなくても問題なく勝てるわ」

「他《ほか》にも理由はある」

感情を抑《おさ》えているのかシーリアの声《こえ》は低い。

クルスはそんなシーリアの挑発《ちようはつ》を受《う》け流《なが》して静《しず》かな声で彼女に返《かえ》す。シーリアは全く動《どう》じないクルスに少し戸惑《とまど》って気押《けお》されているのか、耳をぺたんと寝《ね》かせて続《つづ》きを促《うなが》した。

内心クルスも怒《おこ》っているな。と、彼女の横顔《よこがお》を見ながら俺は思ったが、表向《おもてむ》きは平静《へいせい》な様子《ようす》を繕《つくろ》って頷《うなず》いている。

「マイスが近々《ちかぢか》村に帰《かえ》るから」

「はぁ？　おいおいおい。期限の一年には時間はまだまだあるぜ。勝手なこと言《い》うなよ。クルス」

急に自分に話《はなし》を振《ふ》られたマイスは真顔《まがお》でクルスに抗議《こうぎ》する。だが、俺には彼女が冗談《じようだん》ではなく本気で言っているように思えた。

「理由は後《あと》で言う。それに」

クルスは真《ま》っ直《す》ぐにシーリアを見つめる。そして言葉を一度切《き》って大きく息を吸《す》い、ゆっくりと息を吐《は》いた。昔なら挑《ちょう》発《はっ》的な言葉を受《う》ければ、同じくらい言《い》い返していたはずだ。鉄拳と一緒《いっしょ》に。

だけど、クルスは自分を落《お》ち着《つ》けるように深呼吸《しんこきゅう》すると少しだけ微笑《ほほえ》んだ。

「実力を見て決めると聞《き》いた。なら心配無《な》い」

「え、あ、うん。そ、そうね」

毒気《どくけ》を抜《ぬ》かれたようにシーリアが呻《うめ》く。マイスが声《こえ》を出《だ》さずに「どうなってんだ？」と混乱した顔をこちらに向《む》けている。俺も想像外《そうぞうがい》で驚《おどろ》いていた。

そして、クルスが「どう？　褒《ほ》めて褒めて！」と、いった感《かん》じにこちらを向いて小さく笑《わら》う。シーリアのように尻尾《しっぽ》があれば、ぶんぶんと振られていたに違《ちが》いない。

俺は苦笑《くしょう》して頷《うなず》く。彼女も随分《ずいぶん》と変わったなぁと感慨深《かんがいぶか》く思った。

「本当に貴女《あなた》は強いの？」

そんな俺達を見て、シーリアが胸元《むなもと》の首飾《くびかざ》りを弄《いじ》りなが

ら納得《なっとく》が出来《でき》ていない表情《かお》でクルスに問《と》い掛《か》ける。まあ、彼女は華奢《きゃしゃ》だしシーリアの心配はわからないでもない。

しかし、クルスが何《なに》かを答《こた》える前にゼムドが大声を上《あ》げて笑いだした。

「はっはっは！　そう疑《うたが》うな姫《ひめ》よ。焦《あせ》らずとも戦えばわかることよ。のお？」

「姫言《い》うな！　それもそっか。役《やく》に立《た》たなければそれまでなんだし」

溜息《ためいき》を吐《つ》いて疲《つか》れた表情で、シーリアも頷く。一応は納得してくれたらしい。

「まとまったようね。冒険者は協力しあうことが大切なの。頑張《がんば》ってね」

「有難うございます。ラキシスさん」

それまで黙《だま》って聞《き》いていたラキシスさんが、落《お》ち着《つ》いた声色《こわいろ》で俺達を諭《さと》すように言った。

きっとこれまで冒険者として似た場面を乗《の》り超《こ》えているんだろう。大人《おとな》の笑《え》みだと思った。

隣《となり》のクルスはそんな彼女を見て、何故《なぜ》か苦々《にがにが》しい顔をしていたが。

話《はなし》が終わると、俺達は荷物《にもつ》を持《も》って早速迷宮《めいきゅう》へと向《む》かった。クルスにとっては初《はじ》めての迷宮だ。今日は後《うし》ろで見てもらうかとも考えたのだが、ゼムドはともかくシーリアが納得するだろうか。だけど、命には代《か》えられない。

歩きながらそうやって迷《まよ》っていると、クルスが俺の肩《かた》をぽんと軽《かる》く叩《たた》いて微笑む。

「ケイトの思うように。失敗しても私が何《なん》とかする」

「そうそう、クルスの言《い》うとおりだぜ。俺達に遠慮《えんりょ》なんていらねえ」

マイスも笑《わら》って俺の背中をバシバシ叩《たた》く。

「ああ、そっか」

内心はどうあれ彼女は俺が村で望《のぞ》んでいた通《とお》り、自立して対等の立場《たちば》になれるように頑張《がんば》っているのだ。クルスもいつまでも子供ではない。頼《たよ》るばかりではなく、反対に俺を支《ささ》えてくれようとしている。気負《きお》う必要はないのだと、ふっと心が軽くなった。

本当にみんな物凄《ものすご》い速《はや》さで成長していくなと思う。俺が置《お》いていかれそうなくらいに。

「本当にそうだね。遠慮《えんりょ》なんて必要ない。忘《わす》れてたよ」

クルス達に釣《つ》られて笑う。彼女はうんうんと無表情《むひょうじょう》で頷《うなず》いていた。俺は興味《きょうみ》深そうにこちらを見ているゼムドと不機嫌《ふきげん》そうなシーリアが歩いている方を向《む》く。

「今日はクルスとゼムドで前衛《ぜんえい》を。真ん中にシーリア。後《うし》ろは俺とマイスで行《い》く。ゼムドが先頭。クルスはゼムドを観察《かんさつ》して迷宮での戦い方を学《まな》んで」

「了解」

「ほう。これは愉《たの》しみじゃの。間近《まぢか》で見られるわけか」

クルスがゼムドに微笑《ほほえ》んで、よろしくと声《こえ》を掛《か》ける。以前では考えられない光景だ。それを見ていたマイスが俺の傍《そば》に寄《よ》って小声で囁《ささや》く。

「お前がクルスを村に置《お》いた理由、ようやくわかったぜ」

「俺も驚《おどろ》いたけどね」

マイスがそう嬉《うれ》しそうに笑う。寂《さび》しいような嬉しいような。父親のような気分とはこういうものなのだろうか。

そんな風《ふう》に思いを馳《は》せていると、クルスはいつの間《ま》にかシーリアの豊《ゆた》かな胸元《むなもと》にある月を象《かたど》った首飾《くびかざ》りをじーっと少しだけ眉《まゆ》を寄せて見詰《みつ》めていた。

「な、なによ」

「さっき言《い》うのを忘れてた」

シーリアは慌《あわ》てて大事《だいじ》そうに首飾りを両手で隠《かく》す。そんな彼女にクルスは一度俺を責《せ》めるように睨《にら》んだ後《あと》、挑戦的な笑《え》みをシーリアに向けた。

「貴女《あなた》が役に立《た》たなければ、追い出《だ》してもいいのでしょう?」

顔を真っ赤にしているシーリアには悪いけれど、クルスらしい言《い》い様《よう》に俺は思わず笑《わら》いそうになる。

負けず嫌《ぎら》いだったり、毒舌《どくぜつ》だったり、結構根《ね》に持《も》ったりするところだったり、人をからかうことも案外好きだったりするところは変わっていないのかもしれない。

薄暗《うすぐら》い迷宮《めいきゅう》の中をドワーフのゼムドを先頭に進《すす》んでいく。

初《はじ》めて潜《もぐ》るクルスに気負《きお》うっている様子《ようす》は見受《う》けられない。左手に松明《たいまつ》を持ち、ゼムドの少しだけ後《うし》ろを歩きながら、時折《ときおり》、おっかなびっくり不思議な石のような素材《そざい》の壁の感触《かんしょく》を確《たし》かめたりしている。

心配はなさそうだ。どちらかというとシーリアの方が心配かもしれない。

彼女は強気に見えて案外と気が弱い部分もある。今もクルスから掛《か》けられたプレッシャーのせいなのか、あからさまに緊張《きんちょう》していて動《うご》きが堅《かた》い。

「シーリア？」

「ひ、ひゃいっ！　な、何《なに》？」

後ろから声《こえ》を掛《か》けると、シーリアが耳と尻尾《しっぽ》をピンッ！　と立《た》ててびくっと震《ふる》えて此方《こちら》に振《ふ》り向《む》いた。何事《なにごと》かと前を歩く二人もこちらを向く。

（驚《おどろ》きすぎじゃないかな）

と、些《いささ》かの不安を覚《おぼ》えながら、俺はシーリアの肩《かた》をポンと軽《かる》く叩《たた》いた。

「いつもどおりで大丈夫だから」

「う、うん。そうだよね」

シーリアは強《こわ》ばった笑顔で頷《うなず》く。少しだけましになったようにも思えるけど、かなり力《りき》んでいそうだ。肩に力が入《はい》って銀色の耳と尻尾も立ったままの彼女を見ながら、色々とあった初日の彼女を思い出《だ》して溜息《ためいき》を吐《は》いた。

どうもまずい気がする。薄暗《うすぐら》い迷宮の中を歩きながら俺は頬《ほお》を人差し指で掻《か》く。

しばらく進《すす》むと俺の能力による探知《たんち》に飛蝗《ひこう》の集団が引《ひ》っかかった。敵《てき》は正面だしこのまま歩けば戦闘になるだろう。一人、俺は緊張《きんちょう》して拳《こぶし》を握《にぎ》り締《し》める。

「何かいる」

クルスがまだ見えていないはずの位置《いち》で声《こえ》を小さく上《あ》げ、剣を構《かま》える。ゼムドも「ほう」と、呟《つぶや》いて両手で鉄製の棍《こん》を構えた。

マイスが「何《なん》でわかるんだ？」と首を傾《かし》げて俺の方を向《む》く。

「ケイト。俺達は？」

「必要ないかな。飛蝗《ひこう》五匹」

「お手並《てな》み拝見《はいけん》か。俺も剣を振《ふ》りたいんだがなあ」

小声でマイスと声を交《か》わしながら一応油断《ゆだん》せずに剣を抜《ぬ》いておく。

飛蝗はバッタのような虫で声は上《あ》げないが、中型犬程度《ていど》の大きさがあるため近付《ちかづ》けば音がする。クルスが遠《とお》くから気が付《つ》いたのもその小さな音を拾《ひろ》ったんだろう。

やがてクルスが照《て》らしている松明《たいまつ》の炎に、巨大な飛蝗の姿《すがた》が照らされ、彼女は隣《となり》に立《た》つゼムドを見下《みお》ろす。

「ゼムド」

「ありゃ飛蝗じゃ。体当りに気を付けて、後《あと》は好きにやるとい
い」

「了解」

ぴょんぴょんと高速で飛《と》び跳《は》ねる飛蝗をクルスは落《お》ち着《つ》いた様子《ようす》で観察《かんさつ》し、勢《いきお》い良《よ》く飛び込《こ》んできた一匹を上段からの一撃《いちげき》で真っ二つにした。さらに死骸《しがい》を乗《の》り越《こ》えて飛んできたもう一匹を下《した》から突《つ》き上《あ》げるように串刺《くしざ》しにする。

まるで無駄がない流《なが》れるような動《うご》き。

「くっ……『炎の理』『風の理』『矢の理』……行《い》け！」

シーリアが焦《あせ》るように杖《つえ》に魔力を集《あつ》めて魔法を詠唱《えいしょう》する。

彼女は慌《あわ》てながらも次に迫《せま》っている二匹を狙《ねら》って魔法を打《う》ち出《だ》し、一匹を仕留《しと》める。魔法を制御《せいぎょ》しにくい改造が施《ほどこ》された杖を、咄嗟《とっさ》に使っても暴発《ぼうはつ》させないように制御しているのは流石《さすが》だ。本人は納得《なっとく》していないようだが。

「やるのぉ。負けておれんな……っと！」

ゼムドが重量のある棍《こん》で飛蝗《ひこう》を叩《たた》き潰《つぶ》す。残《のこ》り一匹。クルスとゼムドは顔を見合《みあ》わせるとクルスが前に出て、一刀《いっとう》の元に最後の飛蝗《ひこう》を両断した。

「なるほど。不思議」

死体が消《き》えて残《のこ》った魔力石を見て、クルスが呟《つぶや》く。彼女にとっての迷宮《めいきゅう》での初《はじ》めての戦いは、苦戦《くせん》することもなく、あっさりと幕《まく》を下《お》ろした。

「次、行こ」

無傷《むきず》で勝利するのが当然といった様子《ようす》で、感慨《かんがい》も無《な》さそうに淡々《たんたん》とクルスが先を促《うなが》す。

彼女の剣は俺も久々《ひさびさ》に見るが、村にいた頃《ころ》よりも遥《はる》かに腕《うで》を上げていた。マイスも俺と同じ感想を持《も》ったようで、口笛を吹《ふ》いている。

最近悩《なや》んでいることが多かったゼムドも今日は朗《ほが》らかな表情《かお》でクルスの隣《となり》を歩いていた。

「クルス殿の腕は話《はなし》に聞《き》いておったが、大袈裟《おおげさ》に言《い》っておるのだと思っていたわ」

「それほどでもない。普通」

「お主《ぬし》で普通であれば皆《みな》落第じゃよ」

和《なご》やかな雰囲気《ふんいき》で話をしている二人と違《ちが》い、シーリアは耳をぺたんと寝《ね》かせて落《お》ち込《こ》んだように歩いている。実力を発揮《はっき》しきれていないことを悔《く》やんでいるらしい。

「どうしてあんなにシーリアは焦っているんだろう」

「お前、それ冗談《じょうだん》で言《い》っているのか？」

小声《こごえ》で呟《つぶや》くと、マイスが呆《あき》れたような顔をしてこちらを向《む》いた。幸《さいわ》い前を歩く三人にはさつきの言葉は聞《き》こえていなかったようだ。

理由が分《わ》からないと問題の解決も出来《でき》ないのでマイスに無言《むごん》で続《つづ》きを促《うなが》す。しかし、彼は「重傷《じゆうしよう》だな」と、疲《つか》れた表情《かお》で首を横に振《ふ》るだけだった。

結局《けつきよく》、クルスが初日ということもあり、今日は早めに切《き》り上《あ》げて地上へと戻《もど》った。平然《へいぜん》としているクルスと違って、シーリアは明らかに疲《つか》れた表情《ひようじよう》を見せて街の中を歩いている。

クルスは一番浅《あさ》い階とはいえ、殆《ほとん》どの敵《てき》を軽《かる》く倒《たお》していた。自分だけで戦うのではなく、ゼムドやシーリアを援護《えんご》したりと内容的にも、文句を付《つ》けることは難《むずか》しいだろう。

反対に普段《ふだん》は冷静《れいせい》に、的確《てきかく》に敵を倒していくシーリアの方は今日は不調で、あまり敵を倒すことが出来ていない。それを気にしているのか肩《かた》を落としてしょげていた。

「シーリア。大丈夫？」

「うん、ごめんね。役に立《た》たなくて」

雰囲気がどんよりとしていて、いつもは生命力で溢《あふ》れて輝《かがや》いて見える銀髪もただの白髪《しらが》に見えるくらいにシーリアは落ち込んでいる。

「俺達は普段のシーリアを知っているから心配ないよ。今回は危険がそこまである探索《たんさく》じゃないし、落ち着《つ》いていけば次は大丈夫」

「あっはっは！　そうそう、ケイトの言《い》う通《とお》り！　らしくねえぜ。シーリア」

シーリアの肩をバシバシ叩《たた》いて、笑《わら》ってマイスも同意する。

彼女は痛《いた》そうに顔をしかめて、マイスを睨《にら》みつけた。

「痛いわねっ！　放《ほう》っておいてよ！」

「そう。放っておけばいい」

いつの間《ま》にか俺の隣《となり》を歩いていたクルスが不機嫌《ふきげん》そうに呟《つぶや》く。彼女がここまで他人に敵意をあらわにするのは珍《めずら》しい気がする。

彼女は端正《たんせい》な顔を俺の方に向《む》けると、咎《とが》めるように睨《にら》む。

「ケイトはこの女ばかり気にしてるし。ずるい」

「今日は調子が悪そうだったからね。普段《ふだん》は凄《すご》い魔法使いなんだ。手紙にも書いたような。出来《でき》れば二人とも仲良《なかよ》くしてくれればと思うんだけど」

納得《なっとく》してくれるかと思ったが、クルスは頷《うなず》いてはくれなかった。

「私は別にこの女を嫌《きら》ってない。どちらかというと」

「どちらかというと？」

「どうでもいい。どうせ長く一緒《いっしょ》にいない」

思いの外厳《きび》しいクルスの言葉に思わず足を止《と》めてしまう。シーリアもその言葉にはカチンと来たのか、足を止めてクルスと正面から睨みあった。

「どういうことよ。ケイトは私の友人なんだから、狙《ねら》われているからって見捨《みす》てないわよ」

「そう」

クルスは落《お》ち着《つ》いた様子《ようす》で、彼女にゆっくりと話す。感情的になっているシーリアに比《くら》べて冷静《れいせい》に。俺の方を一度向《む》き、俺にも告《つ》げるように。

「腕《うで》は疑《うたが》っていない。だけど無理」

「どういうこと？」

「この街にずっといるのは危《あぶ》ない。その時、どうするの？」

言葉は足《た》りないが、言《い》いたいことは俺には理解出来た。感情的な理由だけでなく、しっかりと考えた上での言葉だったようだ。クルスは自分が考えていることをきちんと説明するべく言葉を探《さが》して、ゆっくりと話す。

「ラキシスは貴女《あなた》を心配している」

学院に在籍《ざいせき》し、義理《ぎり》の母でもあるラキシスさんがいるシーリアに無茶をさせるわけにはいかない。迷宮《めいきゅう》に入《はい》る前の

挑発《ちょうはつ》も本気では無《な》かったのだろう。クルスにとっては本気になる必要も無かったのかもしれない。

「ケイトはいつか世界を旅する。貴女《あなた》は付《つ》いてこれない」

まだ先の話《はなし》だ。だが、確《たし》かにいずれは俺もこの街を出る。

シーリアは驚《おどろ》いたように口を開けていたが、胸元《むなもと》の首飾《くびかざ》りを弄《いじ》り目を瞑《つむ》ってしばらく考え、目を見開《みひら》くとクルスにはっきりと言《い》い返《かえ》した。

「何度も言わせないで。私は友人を見捨《みす》てないって言ってるのよ。何《なに》があっても。絶対に」

「やっぱり嫌《きら》い。こいつ」

マイスが俺の肩《かた》を叩《たた》いてニヤニヤと笑《わら》う。俺はマイスを殴《なぐ》ると、ふてくされてそっぽを向いたクルスを見て、大きく溜息《ためいき》を吐《は》いた。

今回は探索《たんさく》を普段《ふだん》よりも早めに終《お》えたため、日が暮《く》れるまでは時間がある。話《はな》し合《あ》いをするにしても準備をしようということで俺達は一度解散することにした。

話をする前にやらなければならないこともある。

クルスの宿《やど》を考えなくてはいけない。歩きながらラキシスさんの家で部屋を借りればと提案《ていあん》したのだが、宿に慣《な》れないと駄目《だめ》と却下《きやっか》されてしまった。

女性同士だし悪くないと思ったが、俺が同じ理由で断《ことわ》っている以上、強く言うことは出来《でき》ない。すると選択肢《せんたくし》は俺達が利用している『雅《みやび》な華亭《はなてい》』だけになる。一緒《いっしょ》の宿の方が何《なに》かと便利《べんり》でもあるからだ。

ゼムドは自分の宗派の神殿に間《ま》借《が》りしているらしいし、彼の事《じ》情《じょう》を考えるとクルスを預《あず》けるわけにはいかない。少なくとも今は。

「一部屋空《あ》いてて良《よ》かった。エーデルおばさん、頼《たの》んでいた奴《やつ》は？」

「ああ、出来てるよ。箱《はこ》と皿《さら》は持《も》って帰《かえ》ってきておくれ」

「ありがと」

別の宿《やど》に置《お》かせて貰《もら》っていたクルスの僅《わず》かな荷《に》物《もつ》を引《ひ》き取り、『雅な華亭』に取った部屋に荷物を運《はこ》ぶと、俺はエーデルおばさんに頼んで置《お》いたものを受《う》け取《と》った。

予想では今日の集《あつ》まりで必要になるものだ。

「おい、ケイト。何《なん》で酒と料理を持《も》って行《い》くんだ？　ラキシスさんが手料理作ってくれるらしいじゃねえか。手ぶらでいいんじゃね？」

酒の入《はい》った陶器《とうき》の入《い》れ物《もの》を両手に抱《かか》えながらマイスが不満《ふまん》そうに抗議《こうぎ》する。重《おも》いからだろう。だけど俺は料理の入った箱《はこ》を同じく両手で抱《かか》えながら笑《わら》った。

「俺の勘《かん》だよ。マイスは後《あと》で俺に感謝すると思うね」

「折角《せっかく》なんだしよ。美人の手料理でいいじゃねえか」

そうマイスが悪態《あくたい》を吐《つ》いたが、俺と同じく料理を抱えているクルスが彼を睨《にら》む。

「料理に美人かどうかは関係ない。絶対にリイナの方が腕《うで》は上」

「う……そうはいうけどなぁ。あんな上品な感《かん》じの人が作るんだ。きっと料理も繊細《せんさい》で美味《うま》いんだぜ」

まだ見ぬ料理を楽しみにしているのか、マイスがだらしなく笑う。

だが、彼には悪いが俺はわかりたくないことでもわかってしまうのだ。世の中、何かを極《きわ》めている人間が他《ほか》のことを極めているとは限《かぎ》らないのである。それが全《まった》く違《ちが》う分野《ぶんや》であればなおさら。

全員がそれぞれの準備を終《お》えると、俺達はラキシスさん

の家に集まった。

家の中に入《はい》り、客間《きやくま》のテーブルを見ると大量のサラダの入った皿《さら》がでん！　と二つ置《お》いてあった。見事なまでに緑一色である。後は人数分のコップだけが置かれている。

マイスが唖然《あぜん》とし、クルスが首を傾《かし》げる。そして、奥の台所らしい場所からはシーリアの叫《さけ》び声《ごえ》が聞《き》こえてくる。何《なに》をやっているんだろうか
「料……理？」

「やっぱ、ケイトの勘はあてになるな」

ガシャーンと皿の割る音が響《ひび》く。マイスが先程《さきほど》まで不機嫌《ふきげん》さを忘《わす》れたかのようにうんうんと頷《うなず》き、クルスは持《も》ってきた料理をテーブルに置くと、「私、行《い》ってくる」と、渋《しぶ》い顔をして台所の方に歩いていった。

クルスが台所に行くとシーリアの悲鳴《ひめい》と物《もの》が壊《こわ》れる音がしなくなる。

「クルスの料理か。想像出《そうぞうで》来《き》ないな。ケイト、お前の勘だとどうなんだ？」

「知らない方が面白《おもしろ》いこともあるよ。きっと」

薄《うす》ら寒《さむ》いものを感じているらしいマイスに俺も肩《かた》を竦《すく》めて応《こた》えた。少なくとも村に居る時は料理をする機会《きかい》なんて全《まった》くなかったのは間違《まちが》いない。

彼女の能力はカイラルに来てからまだ確認《かくにん》していないが、今、確認するのも無粋《ぶすい》というものだろう。楽しみにさせてもらおう。

クルスが台所に入《はい》ってから、しばらくしてゼムドも家を訪《おとず》れた。彼も自分で料理と酒を買って用意していたのだが、三人が俺達のために料理を作ってくれているという話《はなし》をすると、一瞬きょとんとした後《あと》、

「結構結構！　エルフ料理というのも一度食べて見たかったんじゃ」

そう大笑《おおわら》いしていた。俺の見るところラキシスさんに出来るのはサラダと丸焼《や》きくらいなのだが、彼女の料理がエルフ料理と伝《つた》わるのはどうなのだろうか。

強くて上品で、一見なんでも出来そうなラキシスさんに

も弱点がある。そう思うと何だか微笑《ほほえ》ましくて、身近《みぢか》に感じられるのは不思議だ。

時間は掛《か》かったが、マイスが空腹《くうふく》で倒《たお》れる前には彼女達が作った料理が運《はこ》ばれてきていた。食べられないものが出てくるかと戦々恐々《せんせんきょうきょう》していたが、見た目は普通である。

全《すべ》て運び終《お》えると、ラキシスさんが全員に飲み物を入《い》れてくれた。そして、俺の正面に座《すわ》る。両隣《りょうどなり》にはクルスとシーリアが座っていて、ラキシスさんの両隣にマイスとゼムドが座っていた。全員の準備が整《ととの》ったことを確認すると、ラキシスさんは立《た》ち上《あ》がる。

「みんなお疲《つか》れ様。クルスちゃん、カイラルにようこそ。じゃあみんな。難《むずか》しい話は後にして、まずは私達が作った料理とお酒を楽しみましょう。乾杯《かんぱい》」

「乾杯！」

私『達』という言葉を強調したラキシスさんの声《こえ》でみんなが酒の入った杯《さかずき》を合《あ》わせる。俺とクルスは年齢の関係で果実水だが。

肉料理や炒《いた》め物《もの》、煮物《にもの》っぽい料理など様々《さまざま》な料理が作られていたが……絶品《ぜっぴん》ではないが不味《まず》いわけでもない。そう、普通の味。そしてどこか懐《なつ》かしい味だった。

だから、俺はわざとらしく独《ひと》り言《ごと》のように言《い》う。

「料理、美味《おい》しいね」

「当たり前」

その言葉を聞《き》いたラキシスさんとシーリアは少しだけ頬《ほお》を引《ひ》きつらせ、クルスは料理にフォークを突《つ》き刺《さ》しながら、ほんの僅《わず》かに口元を緩《ゆる》めてそう呟《つぶや》いた。

料理を食べ終《お》えると、飲み物だけを残《のこ》してもう一度席《せき》に付《つ》く。クルスから先日送《おく》ってきた手紙の話《はなし》を聞くためだ。この件《けん》は他《ほか》のみんなの安全にも関《かか》わってくる。だから、一度彼女の口からきちんと聞こうという話になったのだ。

しかし、説明しようとクルスはしたが、口下手《くちべた》なためか上手《うま》く言葉は出なかった。そんな彼女の姿《すがた》を見て、ラキシスさんが助《たす》け舟《ぶね》を出《だ》す。

「まずは私から。クルスちゃんから貰《もら》った手紙には、村に傭兵《ようへい》の集団が騎士と偽《いつわ》って現《あらわ》れたと書かれていたわね。目的はケイト君を仲間に入《い》れるため？」

「そう。ケイトの噂《うわさ》を聞いた傭兵の集団が来た」

ラキシスさんの言葉をクルスが肯定《こうてい》する。これだけでは何故《なぜ》俺が狙《ねら》われるのか疑問なはずなのに、ラキシスさんは当然のように平然《へいぜん》としている。

「なるほどね」

仲間達は襲《おそ》われる理由に検討《けんとう》が付《つ》いているからか驚《おどろ》いてはいない。つまり傭兵達は特別な能力を持《も》つ者達。『呪い付き』を狙っているということだ。

「わからんのぉ。どうしてケイト殿を狙えたのじゃ？」

疑問《ぎもん》なのかゼムドは首を傾《かし》げる。俺に言わせれば『呪い付き』を特定するのは、余程《よほど》用心深い相手でない限《かぎ》り、そこまで難《むず》しくはない。だが、俺は少し考えてから彼にわからないと首を横に振《ふ》る。

「取《と》り敢《あ》えずクルスちゃんの話を最後まで聞きましょう」

悩《なや》んでいる俺を見たからか、クルスにラキシスさんが先

理解できたようだ。クルスは頷《うなず》いて村で起こった出来事《できごと》を説明する。彼女も何《なに》を話せばいいかを促《うなが》してくれた。

「ケイトがいないことがわかると騎士に化《ば》けた傭兵達《ようへい》は、村を燃《も》やして略奪《りゃくだつ》しようとした。目的は責任《せきにん》をピアース王国に押《お》し付《つ》けて憎悪《ぞうお》させるため」

「とんでもねえ奴《やつ》らだな」

マイスが怒《いか》りの感情を露《あら》わにして吐《は》き捨《す》てる。俺も同感だが、人を人と思わないその手法には氷を背中に入《い》れられたような寒気を感じていた。

「傭兵の隊長は私が倒《たお》した。他《ほか》の傭兵は隙《すき》を突《つ》いて村人と領主の部下の騎士で捕《と》らえた。被《ひ》害《がい》はないはず。安心して」

「良《よ》かったぜ。だが、うちの村じゃなかったら……」

そう。うちの村には母さんを初《はじ》めとして、ずば抜《ぬ》けた実力の持ち主《ぬし》が何人かいる。だが、もし、俺が普通の家庭に生まれていたら？　俺の立場《たちば》は本当に危《あぶ》なかったのではないか？

「騎士が今回の件《けん》を国と周辺領主に報告《ほうこく》して注意してるから、大丈夫とは思う」

「だけど、それくらい相手は手段を選《えら》ばないってことか」

怒りで拳《こぶし》を強く握《にぎ》り締《し》める。俺を勧誘《かんゆう》しようとした相手は、俺が持っているような特殊《とくしゅ》な能力に価値を認《みと》めている。そういうことか。俺を育《そだ》ててくれた村を焼いてでも手に入れたいくらいに。

ゼムドは不快《ふかい》そうに顔をしかめながら、口を開《ひら》く。

「クルス殿。ケイト殿を勧誘しようとした理由を聞《き》かせてもらえんかの？」

「わからない。ただ、逃《に》げた敵《てき》の一人は『呪い付き』と言われていて、ケイトも同じなんだって言《い》ってた」

「やはりか」

表情《かお》を強《こわ》ばらせてゼムドは唸《うな》った。握られた拳は震《ふる》えており、唇《くちびる》を噛《か》み締めている。

ラキシスさんの方を向《む》くと彼女は少しだけ哀しそうに顔を歪《ゆが》ませていた。何《なに》も言わないところをみると俺が『呪い付き』だと知っていたということだろう。ラキシスさんは母さんの友人だ。知っていてもおかしくはない。

「ラキシスさん。『呪い付き』というのは、特殊な能力と不思議な知識《ちしき》を持《も》っている人間という認識《にんしき》でいいのでしょうか」

「そうね。子供の頃《ころ》に急に症状《しょうじょう》……いえ、変化というべきかしら。変わってしまうの。大抵《たいてい》は狂《くる》ってしまってすぐに能力の暴走を起こすわね。災害みたいな扱《あつか》いかしら」

「災害か」

昔のクルスを思い出《だ》す。クルスも恐《おそ》らくは俺と同じだろう。そして、彼女は悪夢と必死《ひっし》に戦っていた。そして勝った。負けていたら災害のような扱いになっていたのだろうか。

俺はそもそも狂う要素《ようそ》がなかった。この差《さ》はなんだろう。

「それならまだいいの。厄介《やっかい》なのは後天的に狂《くる》った場合よ」

「どういうこと？」

「子供の頃は自分を隠《かく》していて、大人《おとな》になったら暴発《ぼうはつ》する感《かん》じかしら。不当《ふとう》な扱《あつか》いを受《う》けることが多いから、恨《うら》みを抱《かか》えてしまうのかもしれないわね」

なるほど。俺のように初《はじ》めは狂っていなくても、理不尽《りふじん》な扱いを受け続《つづ》ければどうか。なまじ、昔の知識《ちしき》があるだけに復讐心に囚《とら》われるということはありえる。

俺は相槌《あいづち》を打《う》ちながら、ラキシスさんの話《はなし》に耳を傾《かたむ》け続《つづ》ける。

「その場合は私達に討伐《とうばつ》の依頼が来ることになるわ。手強《てごわ》い敵《てき》としてね。私もケイト君の母親、マリアも戦かったわよ。だから『呪い付き』を育《そだ》てるって聞《き》いたときは本当に驚《おどろ》いたわ」

そこまで話してラキシスさんは一度、果実酒の入《はい》ったコップに一口だけ口を付《つ》けた。マイスは説明に納得《なっとく》いかないらしく、腕《うで》を組《く》みながらしきりに首を傾《かし》げている。

「わっかんねえなあ。なんでそんなに恐《おそ》れられてんだ？」

「私にもわからない。何百年、何千年と言《い》い伝《つた》えられる中でそうなったのかもね。エルフの長老なら理由を知っているかも。とにかく、多くの国で同じように呼《よ》ばれているのは確実」

ことっ……と小さな音を立《た》ててラキシスさんがテーブルに手を下《お》ろす。「むぅ」と唸《うな》りながら黙《だま》り込《こ》んだマイスに変わって声《こえ》を上《あ》げたのはクルスだ。

「どうでもいい。ケイトはケイトだから」

彼女は話を聞いても冷静《れいせい》で、顔色一つ変えていない。

（クルスらしいな）

と、思わず笑《え》みが浮《う》かぶ。

「ど、どうでもいい？」

驚いたのはラキシスさんではなくシーリアだ。耳をピンと立てて、クルスの方を向《む》こうとして、間《あいだ》にいる俺の顔を見る。そして、気まずそうに俯《うつむ》いた。

彼女はクルスが来る前に俺が『呪い付き』であることを理由に一悶着《ひともんちゃく》起こし、その隙《すき》を突《つ》かれて誘拐《ゆうかい》事件を起こされてしまっている。あの時は俺もシーリアも命を危険に晒《さら》すことになってしまった。あの時の失敗を思い出《だ》したのかもしれない。

だけど、あの事件のお蔭《かげ》で俺達もお互《たが》いのことを良《よ》く知れたのだから、そこまで気にしなくてもいいのにと年上に対して失礼なのを承知《しょうち》で、ぽんぽんと軽《かる》く肩《かた》を叩《たた》く。

「ラキシス。ケイトはまだ狙《ねら》われる？」

ラキシスさんはそんな俺達をじっと見ながらクルスに答《こた》えた。

「普通に考えればすぐには無《な》いと思う。今、ケイト君を狙うのはリスクが高《たか》すぎるし。それに」

全《すべ》てを答《こた》えずにラキシスさんはこちらを見る。答えろということか。

「多分、同じような人を大勢狙《ねら》った中の一人……だからかな？」

「そう。ケイト君だけが特別なわけじゃない。私が最近潰《つぶ》していた傭兵団《ようへいだん》も同じ目的だった。心当たりを無差別に襲《おそ》っているの」

ラキシスさんは淡々《たんたん》と説明しながら、繊細《せんさい》な指で酒の入《はい》ったコップを撫《な》でる。だが、俺と同じ『呪い付き』であるサイラルが普通の性格をしているとはとても思えない。

あいつは他人の命を遊びに使える男なのだから。

「結論《けつろん》は？」

クルスが何事《なにごと》もなかったのかのような平坦《へいたん》な口調《くちょう》で俺に確認《かくにん》を取る。これからどうするのかを決めろと暗《あん》に促《うなが》しているのだろう。

「もうしばらくカイラルで経験を積《つ》む。クルス。宿《やど》を決めたばかりで悪いけれど、万一を考えて、ラキシスさんの家に泊《と》めてもらおうと思う。いいですか？」

今、この街から出るのは自殺行為だろう。『雅《みやび》な華亭《はなてい》』も今となっては確実に監視《かんし》されていると考えても間違《まちが》いじゃない。ならば、同じ監視されているにしても家主《やぬし》であるラキシスさんが良《よ》ければ、何《なに》かあった時に対処《たいしょ》のしやすいこちらの方が安全だ。もちろん家主であるラキシスさんが良ければ、だけど。

「もちろんいいわよ。大歓迎《だいかんげい》。賑《にぎ》やかになるわね。ゼムド、貴方《あなた》はどうするのかしら？」

彼女は微笑《ほほえ》んで了承《りょうしょう》してくれた。話《はなし》を振《ふ》られたゼムドは大好きなはずの酒に手を付《つ》けず、難《むずか》しい表情《かお》をしながら目を瞑《つむ》ってしばらく考え込《こ》んでいたようだったが、結局《けっきょく》首を横に振《ふ》る。

「そうさな。拙僧《せっそう》は遠慮《えんりょ》させて頂《いただ》こう。そして、今日聞《き》いたことは忘《わす》れる。拙僧には重《おも》すぎるわい。これまで通《どお》りの関係とさせてもらおう」

長い溜息《ためいき》を吐《つ》いてゼムドは弱々しく諦《あきら》めたように苦笑《にがわら》いした。ゼムドの組織《そしき》がサイラルの裏にあるものと同じものかの確証《かくしょう》は俺にはない。

俺達と同じ扱《あつか》いをしようとしたのは、ゼムドを信用するというラキシスさんのメッセージだ。おそらく彼もそうとってくれたと思う。

ゼムドの結論は「味方はできないが誰《だれ》にも言《い》わない」そういうことだろう。

「わかった。シーリアは構《かま》わない？」

「当たり前でしょ。友達なんだから。これからよろしくね」

俺はシーリアを見る。初対面の時は同居を露骨《ろこつ》に嫌《いや》がっていた彼女だったが、今日は嬉《うれ》しそうにカラカラと笑《わら》っていた。そんな彼女をクルスは探《さぐ》るよう見つめている。何か気に入《い》らない事《こと》でもあったのだろうか。

「友達」

「な、何よ」

「ならいい」

ふいっとクルスは興味《きょうみ》を失《うしな》ったかのようにシーリアから視線《しせん》を外《はず》す。気になるのか問《と》い質《ただ》そうとしたシーリアだったが、その前にマイスが何かを思い出《だ》したように大声《おおごえ》を上《あ》げた。

「そうだ！　クルス。俺がすぐに村に帰《かえ》るってどういうことだよ」

「忘《わす》れてた」

「忘れんなよ。で、どういうことだ？」

クルスは「大事《だいじ》なことなのに」と、独《ひと》り言のように小さく呟《つぶや》き、マイスを見てゆっくりと、そして、はっきりと告《つ》げた。

「リイナに子供が出来《でき》たから。マイスの」

「……………は？」

声を上《あ》げたのはマイスだけじゃない。クルス以外の全員だ。

俺も耳を疑《うたが》った。声も出ない。ゼムドも、ラキシスさんすらも口を半開《はんびら》きにして呆気《あっけ》に取られている。しばらく沈黙《ちんもく》の時が流《なが》れ……。

「わ、悪い。もう一回言ってくれないか？」

「リイナに子供出来《でき》た。マイスの」

しーん……と、空気が凍《こお》る。そして、すぐに爆発した。

「えええええええええええええええええええええええっ！」

「ちょっと……え……え？」

マイスが立《た》ち上《あ》がって叫《さけ》び、俺もわけがわからず困惑《こんわく》する。ラキシスさんやシーリアも慌《あわ》てるような声《こえ》を出《だ》して混乱《こんらん》し、ゼムドはぽかんとしていた。

そんな中、一人冷静《れいせい》なクルスは果実水を気に入《い》ったのか幸せそうに飲んでいる。

クルスには驚《おどろ》かされたことがたくさんあるが今日のが間違《まちが》いなく一番だ。

「リイナの手紙には書いてなかったぞ！　そんなことっ！」

「彼女は言《い》わないでって言ってた」

どんどんテーブルを叩《たた》くマイスにクルスは静《しず》かに返《かえ》す。まあ、当事者のマイスが冷静になれないのは当たり前だろう。俺も混乱しているんだから。

「私は絶対って返事した」

「じゃあ何《なん》で今？」

クルスは約束を破《やぶ》らない。俺は不思議に思ってクルスに聞いた。彼女は、んっ？　とコップを置《お》いて俺の方を見ると、悪戯《いたずら》っぽく微笑《ほほえ》む。

「リイナのために絶対に伝《つた》える。そういう意味の絶対」

「そ、そう」

「子供の頃《ころ》の私にするわけにはいかない。迷宮《めいきゅう》は危険」

俺はおかしな顔で固《かた》まっているマイスを見た。彼には悪いが、ちょっと同情するような感《かん》じになってしまっているかもしれない。めでたいし喜《よろこ》ぶことなんだろうけど。

クルスの言うとおり、確《たし》かに迷宮には危険がある。マイスに何《なに》かあれば父親がいない幼少期を過《す》ごした彼女と同じになってしまう。

結局《けっきょく》、マイスは「考えさせてくれ」と用意してもらった部屋に戻《もど》って行《い》った。他《ほか》の皆《みな》も用意してくれた部屋にそれぞれ案内されて行く。

俺だけは話《はなし》があるらしく、ラキシスさんに呼《よ》び止《と》められて彼女の部屋に案内された。

ラキシスさんの部屋は専門書らしき本から流行《はや》りの恋愛物《もの》まで、様々《さまざま》な本が床《ゆか》に雑然《ざつぜん》と積《つ》み上《あ》げられていて、その隙間《すきま》に机《つくえ》とベッドがある。そんな足の踏《ふ》み場《ば》にも困《こま》る部屋だった。

これで片付《かたづ》けた形跡《けいせき》があるのがなんとも言えない。

机にも書類が山盛りになっている。宿《やど》にさせてもらうし掃除しよう。うん、絶対に。

ラキシスさんはベッドに腰掛《こしか》け、隣《となり》か机の椅子《いす》に座《すわ》るように促《うなが》す。俺は机の椅子を借りて彼女の正面に座った。

「ごめんね。汚《きたな》い部屋で」

「え、あ、そ、そうですね」

「そこは嘘《うそ》でもそんなことないって言《い》うのがマナーじゃないかしら」

　幼い頃《ころ》以来の二人きりの状況に緊張《きんちょう》して失言《しつげん》してしまった俺に、ラキシスさんはからかうように、わざとらしく俺を咎《とが》めて笑《わら》う。

　部屋のランプの光を反射して輝《かがや》く金色の髪《かみ》も、冷たさを感《かん》じさせるエメラルドグリーンの瞳《ひとみ》も、人形のように完璧《かんぺき》なまでに整《ととの》った容姿《ようし》は、十年近く前から一切変わっていない。時が止《と》まっているかのように記憶にあるあの時のままだ。

　そして、この先も変わらないのだろう。

「ごめんね。呼び出《だ》して。聞《き》きたいことがあるの」

「何《なに》かありました？」

「ええ、どうして街を出ることを選択《せんたく》しなかったの？」

　笑《え》みは消《け》しているが、試《ため》すことを楽しんでいるかのように瞳を輝かせている。

「危険だからです」

俺が短くそう答《こた》えると「面白《おもしろ》みのない答えね」とラキシスさんは笑《わら》った。

俺を狙《ねら》った『組織《そしき》』が何なのか。その犯人はまだ確定していない。心当たりはあるものの、容易《ようい》に答えを出《だ》すわけにもいかない。頭を掻《か》いて苦笑《にがわら》いし、少し考えた後《あと》に俺は答えた。

「サイラルという名前を覚《おぼ》えていますか？」

「シーリアを襲《おそ》った連中に関《かか》わっていた男ね。でも、そいつはあの堅物のジェイドが追っているし、この街で大っぴらには動《うご》けないわ。あいつは有能よ」

「普通ならそうです」

そう、普通ならそうだ。クルスから村の襲撃《しゅうげき》の話《はなし》を聞くまでは俺も安易《あんい》に考えていた。甘《あま》く見ていたと言《い》っても良《よ》い。騎士が追っていることで安心しきっていた。

牢から脱獄させた能力も予想外だったが、それ以上に、奴《やつ》は俺が『呪い付き』であることを知っていたことが重要だ。襲撃者の目的が俺であったのならば、彼らとサイラルとは何らかの繋《つな》がりがある可能性は高《たか》い。そうでなくてはタイミング的に不自然なのだ。俺と違《ちが》ってサイラルは俺の能力がわからないはずなのだから。

「サイラルという男は『呪い付き』です。そしてあいつは、俺が『呪い付き』であると掴《つか》んでいました。確実に何《なに》かの組織の一員として動いています」

「彼自身《じしん》の能力でケイト君が『呪い付き』だと判断した可能性は？」

「ありません。あいつの能力は別のものです」

俺が断定《だんてい》するとラキシスさんは一瞬だけ眼を見開《みひら》いた。

「ふむ……なるほどね。『呪い付き』の能力を判別《はんべつ》出来《でき》る。それがケイト君の能力なのね」

確認《かくにん》するラキシスさんに俺は頷《うなず》く。

「彼はシーリアに執着《しゅうちゃく》を持《も》っています。俺が何もせずにこの街から去《さ》る場合、シーリアは俺の分まで狙《ねら》われる危険を背負《せお》うことになります」

「その話を聞《き》いて、私がその男を生かしておくとでも？」

ラキシスさんが当たり前のことを言《い》うかの如《ごと》く、そう静《しず》かに宣言《せんげん》して微笑《ほほえ》む。彼女が本気で動けば、確《たし》かにサイラルがどんな能力を持っていようが勝つ事《こと》は不可能だろう。

彼の能力である『結界』も伝《つた》えて置けば、それがどんなものであれ、名前からいろんな対処《たいしょ》を考えることもできる。

しかし、先日の事件で捕《つか》まえた者達を逃《に》がした手口《てぐち》を思い返《かえ》せば、奴《やつ》が正面からラキシスさんと闘《たたか》うとは考え難《がた》い。

「今、サイラルはこの街にはいません。そしてあいつは

『能力』で、衛視《えいし》達に気付《きづ》かれずに街に入《はい》ることが出来《でき》る可能性が高《たか》い」

隈《くま》なく探《さが》したわけではないが、今のところサイラルは見つかっていない。ただ、街に入るだけであれば恐《おそ》らく容易《ようい》だろう。警戒《けいかい》する衛視達の眼を掻《か》い潜《くぐ》って、牢《ろう》から犯罪者を連《つ》れ出《だ》すことに比《くら》べれば。頷《うなず》くラキシスさんに俺は続《つづ》ける。

「そうなると、サイラルは俺達の隙《すき》を伺《うかが》って襲撃《しゅうげき》するでしょう。ですが、俺の『能力』なら、あいつを見つけることはおそらく可能です。俺に奇襲《きしゅう》は通《つう》じません」

一拍置き、決意を込《こ》めてラキシスさんを見詰《みつ》める。

「俺がシーリアを守ります」

「なるほど、本当に出来るのかしら?」

「約束なので。旅に出るのは安全を確保して、それからです」

ラキシスさんはちらっとドアの方を一瞥《いちべつ》するとゆっくりと立《た》ち上《あ》がる。

そして俺の肩《かた》に手を置き、驚《おどろ》く俺にその氷のように冷たく見える端正《たんせい》な顔を、絹糸《きぬいと》のような金色の髪《かみ》が俺の顔に掛《か》かるくらいのところまで近付《ちかづ》けた。

間近《まぢか》で見詰められ、困惑《こんわく》しつつも飲んだ果実酒の香りだろうか……甘《あま》い香りで頭が蕩《と》けそうになる。ラキシスさんはそんな距離《きょり》で何故《なぜ》か苦笑《にがわら》いしながら、平坦《へいたん》な、そして大きめの声《こえ》で言《い》った。わざとらしく。

「本当に、ちゃんと男の子に成長したわね。あの子達には勿体《もったい》無《な》いわ。折角《せっかく》だし、私がもらっちゃおうかしらね。唇《くちびる》も身体《からだ》も心も」

「え？」

いきなりのことに戸惑《とまど》ったのも束《つか》の間《ま》、バシンッ！　と大きな音を立てて部屋のドアが開いた。驚いてそちらを見ると、ラキシスさんを睨《にら》んでいるクルスと顔を真っ赤にして座《すわ》り込《こ》んでいるシーリアがいた。

「発情《はつじょう》エルフ。ケイトから離《はな》れて」

「あらあら。クルスちゃん恋愛は自由よ。盗《ぬす》み聞《ぎ》きは良《よ》くないわね」

少しだけ顔を赤くしたラキシスさんはぽすんとベッドに座《すわ》り直《なお》し、クルスの方に楽しそうな顔で振《ふ》り向《む》いた。ぐっとクルスが言葉に詰《つ》まる。

「説明はいらないわね。私は貴女《あなた》の情報の裏付《うらづ》けを取るから、しばらく油断《ゆだん》しないように。ケイト君と対策《たいさく》を考えて自分の身《み》は自分で守りなさい」

「言《い》われなくても」

クルスが不機嫌《ふきげん》そうに応《こた》え、俺も頷《うなず》く。前の事件からずっと迷宮《めいきゅう》に潜《もぐ》っていたお陰《かげ》であの時よりサイラルとの強さの差《さ》は無《な》くなっている。

ほとぼりが冷《さ》めてサイラルが戻《もど》ってくるまでどれだけの猶予《ゆうよ》があるかはわからないが、その間《あいだ》、鍛《きた》え続《つづ》けることで多少は有利になるかもしれない。

しかし、マイスのことはどうすればいいのか……迷《まよ》っている。考えていた以上に状況は良《よ》くなさそうだ。しかも、相手はただでさえ俺よりも強く、能力を持《も》っている上に手

段を選《えら》ばない。負ける気はないが、危険であることは間違《まちが》いない。

　あいつは悩《なや》んでいても絶対に残《のこ》るだろう。それに甘《あま》えていいのだろうか。

「大丈夫？　ケイト」

　気が付《つ》くと心配そうな顔をしたシーリアが俺の右手を両手で包《つつ》んでいた。どうやら余程《よほど》不安そうな顔をしていたようだ。俺は内心で苦笑《にがわら》いして反省する。

「大丈夫だよ」

「うん。心配しなくても、私が全部吹《ふ》き飛《と》ばしてやるから」

　頷いた俺にシーリアは照《て》れ臭《くさ》そうに明るい笑《え》みを浮《う》かべていた。


　翌日《よくじつ》の早朝、ゼムドにはマイスが結論《けつろん》を出《だ》したら、改めて今後のことを彼が寝床《ねどこ》にしている神殿まで相談しに行くと伝えた。

　今の状況《じょうきょう》ではとても迷宮《めいきゅう》には潜《もぐ》れない。

　ゼムドは悩《なや》むのも仕《し》方《かた》がないと神妙に頷き、

「これも運命じゃな。神は老人には慈悲《じひ》を。若者には試練《しれん》を与《あた》えるからの」

神への祈《いの》りを捧《ささ》げた後《あと》、そう言って住処《すみか》にしている神殿へと帰《かえ》っていった。

この世界の神は信じる者に具体的な力を貸《か》し与えてくれる。概念《がいねん》ではなく、存在《そんざい》する神に仕《つか》えるというのはどのような感覚《かんかく》なのだろうか。

俺のように別の世界で死んだ人間が、この世界で新《あら》たに生きていることも神が与えた試練《しれん》なのだとしたら礼《れい》を言うべきなのか、それとも恨《うら》みを言うべきなのか迷《まよ》うところだ。

不当《ふとう》な扱《あつか》いを受《う》けている者は間違《まちが》いなく神を恨むのでは無《な》いだろうか。

俺は去《さ》っていくゼムドの背中を見ながら、彼には悪いけど神を無条件に信じることは俺には出来《でき》そうにないなと、そんな風《ふう》に考えていた。

ゼムドを見送《みおく》った後、客間《きやくま》に戻《もど》るとシーリアがいつもの学院の制服を着《き》て昨日のままで放置《ほうち》されているテーブルを片付《かたづ》けていた。酔《よ》っていなかった俺がやるべきだったなと、気《き》の利《き》かない自分に苦笑《くしよう》する。

「シーリア。おはよう。ごめん、一人で片付けさせちゃって」

「ひゃあっ！　あ、そっか！　お、おはよう！　きょ、今日はいい天気よね！」

焦《あせ》ったように慌《あわ》てているシーリアの言葉を聞《き》いてそうだっけ……と、思わず窓《まど》から外を見る。今日は曇《くも》り空《ぞら》だ。彼女は髪《かみ》も肌《はだ》も白いし、色素《しきそ》が薄《うす》いから今日のような天気がいいのだろうか……さすがにそれはないいな。

「うう、私何言《なにい》ってるんだろ。ごめん、驚《おどろ》いちゃって。今日からケイトも一緒《いっしょ》だったわね」

恥《は》ずかしそうに、だけど嬉《うれ》しそうにシーリアははにかんでいる。尻尾《しっぽ》も揺《ゆ》れていて、朝から機嫌《きげん》は良さそうだ。

「手伝うよ。これから暫《しばら》く泊《と》めてもらうことになるし、片付ける場所を教えて」

「あ、いいのに。ありがとう」

シーリアはコップや皿《さら》を洗《あら》い場《ば》まで持《も》っていくと、狼の刺繍《ししゅう》をしたエプロンを付《つ》けて桶《おけ》に用意した水を使って洗い始《はじ》める。俺もシーリアを見ながら真似《まね》て洗う。

料理は出来ないみたいだけど、シーリアはこういった洗い物《もの》は慣《な》れているようだった。機嫌良《よ》さそうに鼻歌を歌いながらやっている所をみると好きなのかもしれない。

「シーリアは手際《てぎわ》がいいね」

「ラキシス様に養《やしな》ってもらってるし、これくらいしないとね。料理も本当は自分で作りたいんだけど教えてもらう相手がいないの。ほら、ラキシス様も出来ないし。ばれてるよね？」

昨日の様子《ようす》を思い出《だ》しているのか乾《かわ》いた笑《え》みを浮《う》かべているシーリアに頷《うなず》く。

クルスに料理が出来《でき》るというのは驚いたが、彼女の場合は近くに料理上手な俺の姉がいる。

クルスと姉は仲が良いし、料理も教えてもらったに違《ちが》いない。

「クルスは料理が出来るみたいだし、教えてもらえばどうかな？」

「絶対嫌《いや》！　ケイトには悪いけどなんか腹立《はらた》つの」

予想通《とお》りの答《こた》え。シーリアは犬歯《けんし》を見せて嫌そうな顔をしながら即答《そくとう》した。まあ、一緒《いっしょ》に過《す》ごせば彼女達もそのうち仲も良《よ》くなるかもしれない。

あまりしつこくは言《い》わずに洗い物《もの》を続《つづ》けていると、あっ！　と、シーリアが声《こえ》を上《あ》げてこちらを向《む》いた。

「そういや、ケイト。今日はどうするの？　私は学院に行《い》こうと思うんだけど」

「マイスがあの調子だからなぁ。そうだ！　悪いけど俺も学院に行きたいんだ」

丁度いいかもしれない。学院にはヘインがいる。ヘインにもクルスを会わせたいし、彼に頼《たの》みたいこともある。

「何故《なぜ》かユーニティア様はあいつの近くにいるのよね……」

シーリアはヘインというより、彼の近くにいる貴族が余程《よほど》苦手《にがて》なのか、う～と唸《うな》りながら耳をぺたんと寝《ね》かせていたが、頷いてくれた。

「ありがとう。洗い物が終わったらクルスを起こすから、ちょっと待って」

「そっか、あの子も同郷《どうきょう》なんだよね。そういうのいいなぁ」

物憂《ものう》げな表情《ひょうじょう》でシーリアは「ふぅ」と小さく溜息《ためいき》を吐《は》く。彼女は獣人でありながらエルフであるラキシスさんの養子になっており、事情《じじょう》が何《なに》かあるのは容易《ようい》に想像《そうぞう》が出来る。迂闊《うかつ》に踏《ふ》み込《こ》めないし、同情するのは侮辱《ぶじょく》だろう。ならばと、自分に出来そうなことを必死《ひっし》に考える。思いついたのは単純なことだった。

「時間があるならさ。シーリアもちゃんとヘインに紹介《しょうかい》したいんだ。俺達の友人だって。駄目《だめ》かな？　まあ、シーリアも前に言《い》っていたように何かと問題はある奴《やつ》だけど」

「え？　でも、邪魔《じゃま》にならない？」

身分に囚《とら》われない発言をヘインは堂々《どうどう》としているため、シーリアは彼を避《さ》けていた。個人的に嫌《きら》っているわけではなく、ラキシスさんに迷惑《めいわく》を掛《か》けないために。

「ならないならない。友人を紹介しない方が怒《おこ》られるよ」

だけど、ヘインは敵《てき》を作るわけではなく、きちんと貴族とも関係を築《きず》いている。逆にそれが災《わざわ》いする可能性もあるが……。

「うん、そういうことならいいわよ」

シーリアはしばらく悩《なや》んでいたが、笑《わら》って頷いてくれた。

村での生活とは違《ちが》い、街では立場《たちば》なりにある程度《ていど》の打算も考えなくてはいけないのだろう。それでも彼女は俺を信じてくれている。

「良《よ》かった」

そんな彼女を打算の必要がない仲間として迎《むか》えたいのは子供っぽい我侭《わがまま》だろうか。ジレンマはあるが、とにかく俺はそうしたかったのである。

洗い物《もの》を済《す》ませて、部屋の掃除が終わる頃《ころ》にはクルスも起きて着替《きが》えていた。

ラキシスさんはお酒が入《はい》ると次の日は昼まで起きないらしく眠《ねむ》っているが、クルスに学院までヘインに会いに行《い》くことを説明し、書置《かきお》きを残《のこ》して三人で家を出ることにした。

前と同じようにヘインが住《す》んでいる女子寮《りょう》まで歩き、シーリアに呼《よ》び出《だ》してもらう。

クルスはヘインが女子寮に住んでいることを聞《き》いて不思議そうにしていたが、事情《じじょう》を聞くと不器用なヘインらしいと頷《うなず》いていた。

しばらく待っているとヘインと疲《つか》れ果《は》てた顔をしたシーリアがこちらに小走《こばし》りで近付《ちかづ》いてきた。ヘインはこちらを

見つけると笑顔で手を上《あ》げる。元気そうだ。

「久《ひさ》しぶりだな。クルス……驚《おどろ》いたよ。見違《みちが》えたな！」

「ヘインも背が伸《の》びた。それに服のせいで頭が良《よ》さそうに見える。久しぶり」

「服じゃなくて『研究者っぽい雰囲気《ふんいき》』とかの方が嬉《うれ》しいんだがね。しかし、よく来たな」

クルスが微笑《ほほえ》んでヘインと握手《あくしゅ》をし、俺の隣《となり》に座《すわ》る。シーリアもふらふらと反対の隣に座った。なんで彼女はこんなに疲れた様子《ようす》なのだろうか。

困惑《こんわく》してヘインを見ると、彼は苦笑《くしょう》して教えてくれた。

「すまない。ユーニティアに絡《から》まれていたんだ。少し話《はなし》したら納得《なっとく》して解放してくれたんだが。それで、そちらの銀色の髪《かみ》の獣人は……確《たし》か……」

「シーリア・ゲイルスタッド。よろしく。ケイトの仲間なの」

「うん。ケイトから聞《き》いていると思うけれど、僕は薬草学部のヘイン・クサナギ。よろしく」

ヘインはシーリアに頭を下《さ》げた後《あと》、何事《なにごと》かを、しばらく顎《あご》を指で触《さわ》り、眉《まゆ》をひそめて悩《なや》んでいたが、「まぁ、いいか」と呟《つぶや》いて笑《わら》う。

「クルスも来たんだな。これで全員村から出てしまったか」

「わからない。マイスは帰《かえ》るかも」

クルスが短くそう返《かえ》し、俺がヘインに事情を簡単に説明する。

彼は右手で頭を抱《かか》えてなんともいえない笑《え》みを浮《う》かべていたが、しばらくして立《た》ち直《なお》ると抑揚《よくよう》のない乾《かわ》いた笑《わら》い声《こえ》を上《あ》げた。気持ちは物凄《ものすご》くわかる。

「今日あいつがいないのはそういうことか。参《まい》ったな」

「ああ、今頃《いまごろ》悩んでいると思う。俺も何を言《い》えばいいかわからない」

「僕が後《あと》で行《い》くよ。あいつと話もしたいし」

俺やクルスよりも、こういう話《はなし》は同年代のヘインの方が確《たし》かに頼《たよ》りになるかもしれない。

俺は彼に任《まか》せることにして本題を切《き》り出《だ》すことにした。

「ヘインに頼《たの》みがあるんだけど、いいかな？」

「物によるな。出来《でき》ることならやるけれど」

「『呪い付《つ》き』に関《かん》することを調べて欲《ほ》しいんだ」

俺がそう告げると、ヘインは押《お》し黙《だま》って非難《ひなん》するようにこちらを見た。そして、考え込《こ》むように俯《うつむ》いた後、シーリアに警戒《けいかい》の視線《しせん》を向《む》ける。ヘインは獣人に偏見《へんけん》を持《も》っているわけではない。事《こと》の重大さを理解しているからだろう。

「その話《はなし》をして、ここに彼女がいる。信用出来るということか？」

「信用出来るよ。友人なんだ」

答《こた》えを聞くとヘインは一瞬ぽかんとした後、笑いだした。何か可笑《おか》しかっただろうか。

「いや、すまない。クルスも彼女も苦労《くろう》しそうだな。まあいい。シーリアさん、無用の警戒だった。謝罪する。ケイトを危険に晒《さら》したくなかったんだ」

「え？　じゃあ、貴方《あなた》も知っていたの？」

「当然だよ。僕と君も会った貴族のユーニティアも異種族《いしゅぞく》、そして『呪い付き』が関《かか》わる事件に巻《ま》き込《こ》まれたんだから。ケイトが来る随分《ずいぶん》前にね」

胡座《あぐら》をかいて座《すわ》りながら、なんでもないことのようにヘインが言《い》う。普通に考えれば接点《せってん》など出来るはずのない程《ほど》の大貴族であるユーニティアと仲が良いのはその事件のお陰《かげ》なのだろう。

そして、再会前から真実《しんじつ》を知りながらも、俺に対しては態度《たいど》を全《まった》く変えていなかった彼に改めて心の中で感謝の言葉を口にした。

ヘインは簡単に言《い》っているが、この世界における『呪い付き』の扱《あつか》いを考えれば、それが容易《ようい》でないことは明らかだから。

「本当にケイトの友人なのね」

「その言葉は褒《ほ》められていると取っておくよ」

シーリアも事情《じじょう》を知った上で当たり前のように俺に協力してくれているヘインを信じてくれる気になったらしい。自分から握手《あくしゅ》を求《もと》めていた。

そのことを嬉《うれ》しく思いつつも俺は気になっていた点を彼に問《と》う。

「その事件にホルスとカイル兄さんは関《かか》わっていたということ？」

以前、ヘインと再会した頃《ころ》に彼からカイル兄さん達を警戒《けいかい》するようにと忠告されたことがある。その時、彼は理由をぼかしていたが……カイル兄さんや行動を共《とも》にしているもう一人の親友、ホルスも俺が『呪い付き』であることに気付《きづ》いているとヘインは考えたわけだ。

改めてヘインから彼が巻《ま》き込まれた事件に付《つ》いて詳しく話《はなし》を聞《き》くと、発端《ほったん》は学院から人が消《き》えるという噂《うわさ》を調べ始《はじ》めたことだったらしい。

彼は「全部は話せない」と謝《あやま》りつつ、苦虫《にがむし》を噛《か》み潰《つぶ》したような表情《かお》で話す。

「僕は色々な人の力を借りて、真実《しんじつ》まで後《あと》一歩まで迫《せま》ったんだ。だが、僕が不甲斐《ふがい》ないばかりに危機《きき》に陥《おちい》り、ホルス達の介入《かいにゅう》を許《ゆる》してしまった。証拠《しょうこ》は無《な》い。だけど、彼らが介入するタイミングが良《よ》すぎた。命を助けられたことには感謝しているけど……彼らの狙《ねら》いは明らかに関係者の口封《くちふう》じだった」

ヘインは悔《くや》しそうに呟《つぶや》く。原因《げんいん》まで解決できる情報を掴《つか》んでいた彼を出《だ》し抜《ぬ》いた二人に、感謝しつつも、そのせいで完全に解決出来《でき》なかったことを悔《く》やんでいるようだった。

「ケイトの情報は漏《も》れている。だから、遅《おそ》かれ早《はや》かれ狙《ねら》われるはずだよ。だから早く街を出た方がいいと僕は考えている」

そうヘインが心配そうな顔をして締《し》めくくる。本当に有《あ》り難《がた》い友人だと思う。

クルスは黙《だま》ってヘインをじっと見て、シーリアはヘインの言葉に驚《おどろ》いていた。

「ヘイン、まだそれは無理だ」

「何故《なぜ》だ？」

「俺達の顔を知っていて付《つ》け狙っている奴《やつ》がいる。できれば反撃して危険の芽《め》を摘《つ》みたい。ヘイン、何《なに》か良《よ》い手はないか？」

ふむ……と、ヘインは黙って考え込《こ》んだ。しばらく沈黙《ちんもく》し、時間を掛《か》けて顔を上《あ》げる。

彼の顔には不敵な笑《え》みが浮《う》かんでいた。

「ケイトは過激《かげき》だな。しかし、犯人がわかっているなら話は早いね。僕も奴らに借りが返《かえ》せそうだよ」

「ラキシスさんにも頼《たの》んでいるから、協力して欲《ほ》しい」

「心強《こころづよ》いな。わかった。僕に任《まか》せておけ」

自信を持《も》ってヘインは大きく頷《うなず》くと、今度はシーリアの方を向《む》く。

「シーリアさん。こいつは他人や周《まわ》りのことは良《よ》く見えるが、自分のことは見えないから心配なんだ。助けてやって欲しい」

「え、あ、うん。と、当然よ！　私が絶対にケイトを守るわ」

シーリアが立《た》ち上《あ》がって力強く力説する。

物凄《ものすご》く恥《は》ずかしいんだけど、昨日の夜《よる》に聞いていた彼女もこんな気分だったのだろうか。朝、変な反応だったのも恥ずかしい台詞《せりふ》を聞いて、反応に困《こま》ったからか。これはまずい。

「くくっ、本当に分《わ》かり易《やす》い。いや、心強《こころづよ》いな。な？　クルス」

「ヘイン……後《あと》で覚悟《かくご》しとくといい」

ヘインはクルスをからかい、彼女の方は殺気《さっき》を放《はな》ちながらヘインを睨《にら》んでいた。

雑談《ざつだん》をしばらく続《つづ》けていると、金色の髪《かみ》を後《うし》ろでくるくると巻《ま》いた女性がヘインを迎《むか》えに来た。幼いながらも彼女の意思《いし》の強そうな瞳《ひとみ》は忘《わす》れるわけがない。カイラルの名を持つ大貴族の娘《むすめ》、ユーニティアだ。

「どうやら長話《ながばなし》が過《す》ぎたようだ。悪い。彼女と約束があるんだ」

ユーニティアを見つけるとヘインは乾《かわ》いた笑《え》みを浮《う》かべ、焦《あせ》った様子《ようす》で俺達に頭を下《さ》げた。今日のところは時間切《ぎ》れのようだ。後は彼に任せておけばいいだろう。

学院に用事があるらしいシーリアも彼等《かれら》と一緒《いっしょ》に行《い》ってしまい、俺の用事も終わってしまったが今日は迷宮《めいきゅう》に潜《もぐ》ることもない。家に戻《もど》るのも何なのでクルスに何処《どこ》か行《い》きたい場所があるかを確認《かくにん》すると、

「職人街を歩いてみたい」

と、少し考えてから答《こた》えたため、俺達は街の西側に位置《いち》する職人街を見て廻《まわ》ることにした。クルスも来たばかりで色々と興味《きょうみ》があるらしい。それならと今日は彼女の好奇心《こうきしん》を満《み》たすために協力しようと心に決める。

ただ、現状はやはり人通《ひとどお》りの少ない場所は行きにくい。その辺《あた》りは不便だ。改《あらた》めて自分を狙《ねら》う連中に文句の一つも言《い》いたくなる。

学院関係の施設が立ち並ぶ第一市街の中を物珍《ものめずら》しげに見廻しながら、クルスは俺の隣《となり》を歩いている。二人だけでこうして並んで歩くのも思えば久《ひさ》しぶりだ。

半年くらいしか経《た》っていないのに随分《ずいぶん》昔のことのように感《かん》じる。

「ケイト。ヘインに何《なに》を頼《たの》んだの？」

「え、あの時の話の通《とお》りだけど」

「なんだか難《むずか》しくて意味が全然わからなかった。みんなわかっているのにずるい」

突然《とつぜん》のクルスの問《と》いに一瞬どういうことかわからずに立ち止《ど》まってクルスの顔を見る。少し考えて……ああ、と、理解した。クルスにはこちらに来てからの事件を簡単にしか説明していない。何故《なぜ》ヘインに俺が頼み事《ごと》をしたのかも不思議に感じているようだ。

俺はどう説明すればいいのかを考えながら言葉を選《えら》ぶ。

「ヘインは俺に会う前に異種族《いしゅぞく》や『呪い付き』に関《かか》わる事件に巻《ま》き込《こ》まれていたんだよね」

「うん、それは聞《き》いてた」

わかりやすい場所から説明する。これはヘインが話《はなし》していた通《とお》りだ。

「あいつはどうやったかわからないけど、事件を解決する寸前まで持ち込んだ」

「でも、失敗した」

失敗というのはどうだろう。ヘインが……まあ自分から動くタイプではないから、多分成《な》り行《ゆ》きだったんだろうが、彼が動いたからこそ完全解決とまではいかなくとも、事件が減った可能性は高《たか》い。

「まあ、失敗というよりは、完全に成功しなかったという方が正《ただ》しいかな」

「ややこしい」

クルスは意味を噛《か》み砕《くだ》くように首を引《ひ》いてしばらく考えて、納得《なっとく》したのか頷《うなず》く。

「それは一旦置《お》いておいて、ヘインは貴族から仕事を受《う》けているんだ」

「仕事?」

「そう、薬に関《かん》する仕事。さっきヘインを呼《よ》びに来た女性の父親から」

背も低く、年相応《そうおう》にしかみえない彼女に迫力があるのは人の上に立《た》つための教育を受けているからなんだろうか。

「さて、ヘインは自分とその女性が巻き込《こ》まれたと言《い》ったよね？」

「待って……うん、言ってた」

「にも関《かか》わらず彼女はヘインと仲がいい。信頼されているんだ」

「どうして？」

「詳しい事情《じじょう》まではわからないけれど、俺達のほら……嵐の日みたいなことを乗《の》り越《こ》えたのかもね」

「む。絶対仲良《なかよ》くなる」

幼少期に俺達の関係が変わるきっかけとなった事件は彼女の中でも風化《ふうか》していないようだ。頬《ほお》を染《そ》めて幾分《いくぶん》強い調子で頷いていた。

「でも、それで何故《なぜ》ヘインに？」

クルスが何の関係が？　と言《い》いたげに首を傾《かし》げる。この辺《あた》りは村での生活しかしていないクルスには少しわかり辛《づら》いのかもしれない。

人間関係の恐《おそ》ろしさというか、権力の恐ろしさというか、その辺りの重要さは。

「例《たと》えばさ。クルスのお母さんが意味無《な》く殴《なぐ》られたとしよう。どうする？」

「半殺し」

「貴族達もそう考えると思わないかい？」

　クルスが上目遣いで俺をじっと見て、こくりと頷く。理解してくれているようだ。なんだか、幼い頃の二人での勉強時間を思い出して懐かしい気分になる。

「だとすれば、ヘインを通《つう》じて彼女達とも協力することも出来《でき》るかもしれないよね」

「うん。同じ目的がある。ということ？」

自信無さげに答《こた》えるクルスに正解。と俺は頷く。

「でも、私の方が役に立《た》つ」

彼女は嬉《うれ》しそうにしつつも拗《す》ねている振《ふ》りをして、そう付《つ》け加《くわ》えるのを忘《わす》れない。

村で育《そだ》ち、知識《ちしき》に関《かん》しては俺から殆《ほとん》どを学《まな》んでいるクルスは身分関係については疎《うと》い。俺も自分では理解しているつもりではあるが、この世界では身分というものは『元の世界』より遥《はる》かに身近《みぢか》で重要な役割を担《にな》っているようだ。今となっては後《あと》の祭りだが、幼い頃に教えておくべき必須《ひっす》の知識であったかもしれない。

とりあえず今話《はなし》をしておいて損《そん》はないだろう。

「貴族は力を持《も》っているんだ」

「あの子は強くない。もっと鍛《きた》えないと」

俺は首を横に振る。素朴《そぼく》な答えで俺は好きだけど、今の調子で貴族に失礼なことをしてし

まうのはまずい。彼女は誰《だれ》であろうと喧嘩《けんか》を売りかねない。

「貴族はたくさん知り合《あ》いがいるし、お金をいっぱい持っている。人を雇《やと》うことも出来る。この街の有力な貴族なら街の役人を動かすこともできる」

「なるほど。あ……ま、大丈夫かな……あいつは。何《なん》でもない」

クルスは何《なに》かを思い出《だ》したらしく声《こえ》を上《あ》げる。既《すで》に何かやったのか？

一瞬背筋《せすじ》が寒くなり、追求するべきかどうか迷《まよ》う……とりあえず話《はなし》を進《すす》めよう。

「続《つづ》けていいかな？　ヘインは賢《かしこ》い方だと思うけどまだ若いし、こういう難《むずか》しい事件に手を出したときにはいろんな人の力を借りているはずなんだよ。彼だけじゃ無理なんだ」

「ケイトなら出来《でき》る？」

期待《きたい》のこもった目でクルスはこちらを見たが、俺は苦笑《くしょう》して首を横に振る。

「俺も無理だよ。一人で何でも出来《でき》る訳《わけ》じゃないから」

「だから、ラキシスやヘインの力を借りて、そこからさらに色々な人に力を借りていく。そういうこと?」

あってる? と嬉《うれ》しそうに見上《みあ》げてくるクルスに俺は笑《わら》って頷《うなず》いた。

「普通なら力を借りても隠《かく》れてる犯罪者の尻尾《しっぽ》を掴《つか》むのは大変だけど、今回は俺が犯人を知っているからね。そこまで難《むずか》しくないはず」

「そんなやり方、全然思い付《つ》きもしなかった。戦って倒《たお》せばそれでいいと思ってた」

「まあ、俺も上手《うま》くいくかはわからないけどね」

殴《なぐ》れば解決というのは女の子としてはどうかなと俺は少しだけ心配になった。まあ、クルスはクルスだからそれもいいのかもしれない。表裏も無《な》く、わかりやすいし。

それに俺のやり方も華《はな》がないというかなんというか。自分でもどうだろうとは思う。俺は苦笑《にがわら》いしながら話《はなし》の先を続ける。

「自分の力ではないし、物語みたいに格好良《よ》くは俺には出来《でき》そうにないよ」

「そんなことない。ケイトは格好いい。私もそういうのも覚《おぼ》えてく」

「出来れば俺に出来ることは残《のこ》して欲《ほ》しいなぁ。クルスはただでさえ強いんだし」

やれやれと冗談《じょうだん》めかして頭を掻《か》くと、クルスはくすくすと笑った。

西側の門から第二市街に出ると、俺が宿《やど》を取っていた南側とはまた違《ちが》った賑《にぎ》わいを見せている。

南側は食堂や酒場の呼《よ》び込《こ》みなどが多いが、こちらは職人達が作った商品を売るために商人が露店を出《だ》して声《こえ》を上《あ》げていたり、学院の生徒らしき人間が占いを出していたりと祭りの屋台《やたい》が並んでいるような雰囲気《ふんいき》というのだろうか。

店の方も剣のマークの看板《かんばん》や服のマークの看板、それぞれの家に特徴的な看板が掛《か》かっている。この看板が掛かっているのはどれも商人や職人が作った物《もの》を売っている店だ。

学院と提携《ていけい》した魔法のアクセサリーや道具を売っている店なども あり、南の一帯に負けないくらいに賑わっている。

クルスは街の賑わいを楽しそうに見回《みまわ》しながら、俺の手を引《ひ》っ張《ぱ》って好奇心《こうきしん》の赴《おもむ》くままに露店で売られている物《もの》を覗《のぞ》いたり、触《さわ》らせてもらったりしていた。

「ケイト。次あれ。何だろう」

「わわ、人に当たるって！」

「急《いそ》いで」

世界が変わっても女の子はこういうのが好きなのかな。

と、少しの心の痛みと一緒《いっしょ》に懐《なつ》かしさを感《かん》じながら、そんな風《ふう》に思ったりもした。

そうやってしばらく一緒《いっしょ》に職人街を回っていると、クルスはアクセサリーの所では長めに立《た》ち止《と》まることに気が付《つ》いた。そして、並べられているそれらを真剣に見詰《みつ》めている。

「ケイト……」

「何《なに》？」

「何《なん》でもない」

何かを言《い》いたそうに口を開《ひら》いてから黙《だま》り込《こ》む。本当は何か言いたいことがあるときの表情《かお》だ。彼女が何を言いたいのか考えるが何も思いつかない。村にいるときなら殆《ほとん》どわかったのに。半年の空白は俺の予想以上に大きいらしい。

先ほどまでは楽しそうだったはずのクルスが、何だか暗い顔をしてしょげている。

「もういい……」

力無《な》く、俺を置《お》いてふらふらと歩いていこうとする。一人にするわけにはいかない。そう思い、慌《あわ》てて追い掛《か》けて隣《となり》に並ぶ。するとクルスは俺を上目《うわめ》遣《づか》いで見て、少しだけ辛《つら》そうに言った。

「ケイトはシーリアにも買った。あいつの方がいい？」

「は？」

主語が抜《ぬ》けた彼女の言葉の意味が分《わ》からずに思わず言葉に詰《つ》まる。どういう意味かと必死《ひっし》に考えようとして……横から別の人物から声《こえ》を掛けられ、思考を強引《ごういん》に中断させられた。

「これは奇遇《きぐう》じゃの。二人とも、マイス殿は放《ほう》っておいていいのか？」

「ゼムド」

　気がつけば目の前に普段《ふだん》の鎧《よろい》姿ではなく、神官用のローブだろうか。真っ白な裾《すそ》の長い服を着《き》た背の低い長い髭《ひげ》のドワーフが俺達の前に立《た》っていた。

　いつもと違《ちが》いこうしてきちんと神官服を着ていると、不思議と着慣《な》れているような雰囲気《ふんいき》があり、きちんと敬虔《けいけん》な神官に見える。彼は笑《わら》いながら指で印《いん》を切《き》った。

「これも運命か。お邪魔《じゃま》かと思うたが、お主《ぬし》らを見ておると今日はそうでもなさそうだしの」

「ゼムドは神殿に？」

「うむ。迷宮《めいきゅう》に入《はい》らぬ日は仕事をせねばな。さて、暇《ひま》なら拙僧《せっそう》に付《つ》き合《あ》わぬか？　なあに、損《そん》はさせぬよ。神の思《おぼ》し召《め》しというやつじゃ。拙僧はこの辺《あた》りには詳《くわ》しいからの」

クルスと顔を見合《みあ》わせると、彼女は頷《うなず》いた。このまま妙《みょう》な空気のまま二人だけで歩くのも少し辛い。俺は念《ねん》のために探知《たんち》の能力を発動させて周囲《しゅうい》を確認《かくにん》してから、ゼムドの方を見て頷く。

「ゼムドありがとう。もう仕事は終わったのか？」

「うむ。幸《さいわ》いにの。それに迷《まよ》える若者を導《みちび》くのも立派《りっぱ》な仕事じゃて」

にぃっとゼムドが意味ありげな笑みを浮《う》かべて俺を見る。間違《まちが》いなく俺達の間《あいだ》の気まずい空気を察《さっ》したのだろう。彼は聖職者なだけあって良《よ》く人を見ており、以前もシーリアが不調になった際《さい》に彼女に手を差《さ》し伸《の》べている。

俺達はゼムドに案内されて職人街を歩く。狭《せま》い道も通っているが彼は道がしっかりわかっているようで迷う様子《ようす》は無《な》い。歩きながらクルスは自分からゼムドに話《はな》しかけていた。無表《むひょう》情《じょう》は何時《いっ》もの通《とお》りだが、瞳《ひとみ》は好奇《こうき》心《しん》で輝《かがや》いている。

「ゼムド。ドワーフってどんな種族？」

「興味《きょうみ》があるのかの？」

「書物では読んだ。だけど、本人達に聞《き》くのがわかりやすい」

ゼムドはクルスの答《こた》えを聞くとほう、と感心したような声《こえ》を上《あ》げる。そして、困《こま》ったように俯《うつむ》いて考え込《こ》んでしばらく時間を空《あ》けてから答えた。

「いざ、自分達がどんな種族なのかを聞かれると難《むずか》しいの。お主《ぬし》ら人間も人間とはどんな種族かと聞かれても困るのではないか？」

「ん。そうかも」

「ドワーフにもいろいろといるしの」

話《はなし》を聞きながらなるほどと俺も思う。書物には『頑固《がんこ》で融通《ゆうずう》が利《き》かないが根気《こんき》を必要とする仕事は得意としている』と大体は書かれている。考えてみれば当然だけど、全《すべ》てがそうではないそうだ。

人間に色々な者がいるように、当たり前だがドワーフにも様々《さまざま》な者がいるということか。クルスも納得《なっとく》したようだ。

「まずはここじゃ」

「ん、料理屋？」

「はっはっは！　空腹《くうふく》だからの」

ゼムドにまず連《つ》れていかれたのは、西の外壁近くにある料理屋だった。味は確《たし》かに美味《おい》しかったが量がとにかく多く、俺とクルスは二人で一皿《ひとさら》食べることになってしまった。彼自身《じしん》は小さい体のどこに入《はい》るのかという勢《いきお》いでおかわりまでしていたが。

腹《はら》ごしらえを終《お》えると、元々小食なクルスは二人で食べても多かったのかお腹《なか》を押《お》さえていた。ただ、満足はしたようで表情《ひょうじょう》は柔《やわ》らかい。

ゼムドはそんな俺達の様子《ようす》をみて笑《わら》いながら、

「これから行《い》く場所が本当にお主《ぬし》らを案内したい場所じゃ」

と告《つ》げ、先頭に立《た》って職人街を歩いていた。

どれくらい歩いただろうか。ゼムドは小さめの何《なに》かの工房《こうぼう》らしき看板《かんばん》の掛《か》かった家の前で足を止《と》めると、ドンドン！ と扉《とびら》を強く叩《たた》く。どうやら目的地に着《つ》いたらしい。

「なんだ、ゼムドか。おいおい人間も一緒《いっしょ》か？」

「うむ、世話になっておるもんでな」

中から出てきたのは、白髪《はくはつ》で皺《しわ》だらけの年老いたドワーフだった。老人であることはわかるが眼光は鋭《するど》く、弱々しい雰囲気《ふんいき》は全《まった》くない。体付《つ》きもゼムドのように頑健《がんけん》そうだ。

「まぁいい。入れ」

促《うなが》されて中に入る。工房の中は鉄の臭《にお》いや木の臭い、物《もの》を燃《も》やした臭いなどが混《ま》ざり合《あ》った独特の臭いが立ち込《こ》めていて、この建物の中で長い間《あいだ》それらが使われていた事を思わせられる。

そんな白髪の老人の工房は剣や槍などの武具を始《はじ》め、生

活道具、アクセサリー、玩具《おもちゃ》から芸術作品らしきものまで乱雑《らんざつ》に置《お》かれていた。

値札などは付いていない。売ることを考えていないのだろうか。俺もクルスもそんな不思議な空間をゼムドの後《うし》ろについてキョロキョロと見回《みまわ》しながら歩いていた。

老人は人数分の椅子《いす》を用意すると座《すわ》るように勧《すす》める。

「ゼムド。お前が人間を紹介《しょうかい》するとは珍《めずら》しいな」

「何、神の導《みちび》きでしてな。見所《みどころ》もある」

「ふむ。若いが剣の腕《うで》は立《た》ちそうだな。特にそっちの娘《むすめ》は」

低いが良《よ》く通《とお》る声《こえ》で白髪のドワーフはそう話《はな》しながら、俺とクルスを値踏《ねぶ》みするように見つめる。俺ではなく、クルスの強さを見抜《みぬ》いたことに俺は軽《かる》い衝撃《しょうげき》を受《う》けた。外見からそういうことがわかるのだろうか。

「儂《わし》はクロムだ。見てのとおり色々な物《もの》を作っている」

「私はクルス。よろしく」

難《むずか》しい顔をしたままクロムが自己紹介《しょうかい》をし、俺達もそれぞれ自己紹介をした。それ以上クロムに話す雰囲気《ふんいき》が感《かん》じられ無《な》かったので俺の方から彼に話し掛《か》ける。

「武器を見せて頂《いただ》いてもよろしいでしょうか」

「構《かま》わん。買うものがあれば儂《わし》に言《い》え。値段を教える」

俺は頷《うなず》くと籠《かご》に入《い》れられている剣を一本ずつ抜いて確認《かくにん》していく。どれも切《き》れ味は良《よ》さそうだ。しかし、どことなく違和感を覚《おぼ》える。俺は一度剣を置《お》くと、母親から貰《もら》った自分の剣を抜いた。

　自分の剣を見て、その違和感になんとなく気付《きづ》いた。ただ、指摘《してき》するかを迷《まよ》う。それに気づいたのか白髪《はくはつ》のドワーフ、クロムはじろりとこちらを睨《にら》んだ。

「小僧《こぞう》。言いたいことがあるならはっきりと言え」

「この剣は量産品ですか？」

「ほう……若いのに目が利《き》くようだな」

　クロムがその強《こわ》ばった皺《しわ》だらけの顔を俺達が来てから初《はじ》めて緩《ゆる》めた。笑《わら》っているのだろうか。白い髭《ひげ》で口元が完全に隠《かく》れているため、表情《ひょうじょう》は読みにくい。

　クルスも疑問《ぎもん》に感じたのか首を傾《かし》げてクロムの方を向《む》く。

「どういうこと？」

「つまり、売り物《もの》の剣の品質と値段は鍛冶《かじ》ギルドが決めているということじゃよ」

むっつり黙《だま》ったクロムではなく、ゼムドが彼の代《か》わりに答《こた》えた。クルスはまだ不思議そうにしている。納得《なっとく》いかなかったのかもしれない。

クロムがクルスの顔を一度見て、俺の方に向《む》きなおす。

「小僧、わかるか？」

「安定した品質の供給《きょうきゅう》と価格の暴落《ぼうらく》を防《ふせ》ぐため」

「ふん、建前《たてまえ》はそうだな。剣を貸《か》せ、正解の褒美《ほうび》に研《と》いでやる」

後《あと》は一部の腕《うで》のある職人による独占を防ぐため、というのもあるのだろう。彼も腕を中々奮《ふる》えずにいる一人なのかもしれない。俺は礼《れい》を言《い》って剣を渡《わた》すと彼に頭を下《さ》げた。

彼が奥に下がってからゼムドは俺を見て笑《わら》った。

「気に入《い》られたようじゃの。珍《めずら》しいわい」

「そうなのですか？」

「人間を嫌《きら》っておるでな。だが、ギルドに入《はい》らなければ鍛冶が出来《でき》ん。素材《そざい》も買えんしの」

苦《にが》い顔でクロムが消《き》えた方をゼムドは見詰《みつ》める。クルスは先程《さきほど》の話《はなし》を整理しているのか、しばらく目を閉じていた。そして、ゼムドの方を向《む》く。

「クロムは全力で好きな剣を作れないということ？」

「中々難《むずか》しいの。方法はあるのじゃが」

「俺達が材料を用意して一から全部作ってもらえば出来るかもね」

なるほど、とクルスは頷《うなず》いて立《た》ち上《あ》がり、クロムが作った一つ一つの作品を見せてもらい始《はじ》めた。俺も彼女に並んで売り物《もの》を見る。

一つ一つの道具には量産品でありながらも、どこかこだわりが感《かん》じられるのは彼の職人としての意地なのかもしれない。

そんなことを考えながらアクセサリーを触《さわ》っていると、クルスがこちらをじっと見ていることに気が付《つ》いた。今日の朝からそうだが、何《なに》か欲《ほ》しいのだろうか。

「欲しいのがあったら買おうか？　あたっ！」

「この馬鹿《ばか》者がっ！　そういうときは黙《だま》ってお主《ぬし》が選《えら》んでやらんか！」

クルスにそう聞《き》こうとすると、バシィッ！　と、店中に響《ひび》くくらい思いっきり尻《しり》を叩《たた》かれた。正直痛《いた》い。いつも穏《おだ》やかなゼムドが何故《なぜ》か怒《おこ》っていた。

「全《まった》く。何《なん》でそんなとこだけ鈍《にぶ》いんじゃ」

「いや、ゼムド。これには事情《じじょう》があるんだ」

「言《い》い訳《わけ》は見苦《みぐる》しいぞ。ケイト殿」

詰《つ》め寄《よ》るゼムドを説得《せっとく》する方法が思い浮《う》かばず、あたふたしているとクルスが割《わ》って入って引《ひ》き離《はな》してくれた。が、彼女も思い詰めたような表情《ひょうじょう》で俺をじっ……と見る。

「事情って何。あの女の方が……いいから？」

「え、あ、迷惑《めいわく》なのかなって。前に上げたのも付《つ》けてないし」

言いながら胸《むね》が痛み、ふぅ……と、溜息《ためいき》を吐《つ》く。クルスはきょとんとして、俺を見ていたが少しずつ申し訳《わけ》なさそうな、泣きそうな顔になっていった。

「あれは戦った時に壊《こわ》された。ごめんなさい」

クルスの話《はなし》に出ていた村を襲《おそ》った傭兵《ようへい》達の隊長と戦った時に壊されたらしい。戦うときも肌身《はだみ》離さず付けていて……ということか。彼女をある意味疑《うたが》っていたことが恥《は》ずかしくなり、頭が痛くなる。

「ごめん、クルス」

「ううん。私も言えなかったから」

クルスは微笑《ほほえ》んで首を横に振《ふ》った。ゼムドは笑《わら》いながらこちらを見る。

「一件落着かの。深い付《つ》き合《あ》いでも話さねばわからぬことはある。誤解《ごかい》が解《と》けるまで、しっかり話すことも時には大

切なことじゃて。これはケイト殿にも言ったことじゃがのぉ」

「ケイトなら何でもわかると思ってた」

真顔《まがお》でゼムドにそう返《かえ》したクルスに苦笑《くしょう》しながら、俺はゼムドに頭を下《さ》げた。

俺もクルスが相手なら話さなくてもわかりあえると思《おも》い違《ちが》いしていたようだ。俺とクルスは違う人間なのだから当然理解し合《あ》うにはお互《たが》いを理解する努力をしないといけないのに。シーリアの時と同じ失敗をしている自分に心底《しんそこ》失望しそうになる。

「助けられるのは二回目だな。ゼムド、有難う」

「なあに、拙僧《せっそう》は何《なに》か贈《おく》り物《もの》をすれば仲も直《なお》るかと思っただけじゃからな。お互《たが》いを理解するにはぶつかることも必要じゃが、お主《ぬし》らは喧嘩《けんか》はしそうにないしの。いい機会《きかい》だったと思うがいい」

なかなか良《よ》く人を見ているのは流石《さすが》神官というべきなのだろうか。俺はクルスの肩《かた》を叩《たた》き、またアクセサリーの置《お》かれている方に行《い》くと、彼女に似合《にあ》いそうなアクセサリーを探《さが》し始《はじ》めた。

一つ一つのアクセサリーを見ながら真剣に悩《なや》む。壊れたのと同じものが無《な》いのは当然だが、出来《でき》れば今のクルスに一番似合《にあ》うものを選《えら》びたい。本当にそう思う。

俺の記憶にあるクルスと今のクルスは少しだけイメージが違《ちが》う気がするのだ。

あれでもない、これでもないと乱雑《らんざつ》に置かれているかなりの数のアクセサリーをかきわけながら探す。クルスの方は安心したのか、ゼムドに解説をしてもらいながら楽しそうに置かれている色々な武器を手に取り、その感触《かんしょく》を確《たし》かめていた。

「投《な》げ武器？」

「こりゃ暗器《あんき》といっての、相手の不意《ふい》を討《う》つ武器じゃ」

「そういうのはちょっと苦手《にがて》」

クルスには飾《かざ》りものより実用的な物の方が、もしかするといいのかもしれない。彼女の嬉《うれ》しそうな様子《ようす》を見ながらそんなふうにも思った。

すっかり放置《ほうち》されてやれやれと溜息《ためいき》を吐《つ》きながらも、何《なん》と無く笑《え》みが自然と浮《う》かぶ。

小一時間くらいは探しただろうか、俺は一つのアクセサリーを見つけていた。

「これにしよう。どうかな」

小さな水色の珠《たま》を銀で掴《つか》むようにデザインされた首飾《くびかざ》り

を手に取り、クルスに見せる。今の好奇心《こうきしん》溢《あふ》れる彼女には、何だか地球を掴んでいるようなこれが似合《にあ》うような気がしたのだ。

「似合う？」

「似合うのは間違《まちが》いないよ」

ちょっと不安げな彼女に笑《わら》いかける。成長しても自分に自信を持《も》てないのは相変《あいか》わらずらしい。近くにいると、時折《ときおり》ドキッとさせられるくらい綺麗《きれい》になっているのに。

「小僧《こぞう》。そいつは小銀貨二枚だ。剣……出来たぞ」

「有難う御座います」

クルスが首飾りを受《う》け取《と》っていろんな方向から飾《かざ》りを眺《なが》めている時、奥の部屋から白髪《はくはつ》のドワーフが剣を研《と》ぎ終《お》えて出てきた。彼は相変わらずの苦々《にがにが》しい顔で俺に剣を渡《わた》す。

「業物《わざもの》だな。久《ひさ》しぶりにいい仕事が出来た。大事《だいじ》にしろ」

「わかりました」

深々《ふかぶか》とクロムに頭を下《さ》げて礼《れい》を言《い》い、剣を受け取って鞘《さや》から抜《ぬ》くと、刀身を確認《かくにん》する。

「凄《すご》いね。まるで別の剣みたい」

「そうだね」

クルスが少しだけ驚《おどろ》いたような声《こえ》を上《あ》げ、俺も同意する。ただ研《みが》いただけ。自分でもいつもやっていることだ。だけど、これだけ出来《でき》が違《ちが》う。まるで剣が生き返《かえ》ったかのような印象。これがドワーフの技量か。

「はっはっはっ！　クロムは我が神に愛されておるからの」

「ふん、神など知らぬわ」

笑うゼムドをクロムが睨《にら》みつける。

ゼムドはいかんいかんと慌《あわ》てたように苦笑《にがわら》いして呟《つぶや》くと、俺達の方を見た。

「こやつの腕《うで》は優秀じゃが中々生かせなくての」

「いつか剣を作ってもらいたいですね」

心の底からそう思う。彼の作る自分だけの剣。戦う事《こと》が全《すべ》てではないがどうしても惹《ひ》かれてしまう。そんな魅力がただ研いただけの今の剣からも感《かん》じる。

「人間の鍛冶《かじ》士も同じ条件だ。儂《わし》に不満《ふまん》はない」

クロムはゼムドに言葉少なく、それだけを言《い》って黙《だま》り込《こ》んだ。

クルスも何《なに》か買うものがあったらしく、彼女がお金を支払《しはら》うのを確認《かくにん》し俺達はクロムの工房《こうぼう》を後《あと》にすることを彼に告《つ》げた。

クロムはいつでも来るがいいと不機嫌《ふきげん》そうに言いながらもドアまで見送《みおく》ってくれた。

クロムの工房でゼムドとも別《わか》れ、街の探索《たんさく》を二人で楽しんだ後、『雅《みやび》な華亭《はなてい》』で宿《やど》の女将《おかみ》のエーデルおばさんに謝罪して宿の解約をさせてもらい、ラキシスさんの家に戻《もど》る頃《ころ》には日が暮《く》れかけていた。

街を歩くクルスは時折《ときおり》思い出《だ》したように、首飾《くびかざ》りを何度も弄《いじ》っていた。表情《かお》には出ていないけど、気に入《い》ってくれたのかもしれない。

来週分まで払い込んでいた宿代は急な解約の迷惑《めいわく》料にしてもらい、クルスの分の僅《わず》かな荷《に》物《もつ》と早急に必要な俺とマイスの荷物を彼女と一緒《いっしょ》に担《かつ》ぎながらラキシスさんの家に戻ると、客間《きゃくま》で疲《つか》れきったシーリアがぐったりと椅子《いす》に座《すわ》っていた。そんなシーリアをラキシスさんが困《こま》った顔をして慰《なぐさ》めているようだ。

「ただいま帰《かえ》りました」

「あ、ケイト君。クルスちゃん。おかえりなさい」

どうかしましたか？　と、シーリアの方に顔を向《む》けるとラキシスさんは「ああ」と頷《うなず》いて少しだけ苦笑《にがわら》いする。

「さっきまでケイト君のお友達と私の知り合《あ》いの女の子が遊びに来てくれていたの。ちょっとその子がシーリアは苦手《にがて》だったみたいで。いい子なのに」

どうしてかな？　と小首《こくび》を傾《かし》げながら困惑《こんわく》した顔を見せる。俺の友達はヘインとして、彼女の話《はなし》の内容から察《さっ》するにもう一人は……。

「もう一人は金髪の子でしたか？」

「あら、ケイト君もユーニティアちゃんのことを知っているの？」

「友人と仲がいいみたいなので。ラキシスさんは何故《なぜ》？」

恐《おそ》らく学院での様子《ようす》からシーリアは彼女とラキシスさんが知り合いであることは知らなかったはずだ。学院で彼女に捕《つか》まり、家に来てもずっと怒《おこ》らせないように気を配っていたのだろう。

「仕事で良《よ》く彼女の家に行《い》っていたの。ちょこちょこ歩いてて、名前呼《よ》んでくれて。昔から可愛《かわい》いかったのよ？　あ、今日は他人行儀だったわね。お友達がいたからかしら」

「なるほど。そういうことでしたか」

懐《なつ》かしそうに、そして嬉《うれ》しそうにラキシスさんは眼を細める。

ラキシスさんの話を聞《き》いている限《かぎ》り、あの貴族の少女、ユーニティアとの仲は良好なようだ。となると、彼女はシーリアのことも元々知っていたはずだ。もしかすると……ううむ。

ぐったりしているシーリアに同情する。きっとからかわれていたに違《ちが》いない。

「ところで、ヘインは何《なに》か言《い》っていましたか？」

「ええ。とりあえず情報は交換したわ。あちらにはあちらの狙《ねら》いがあるとは思うのだけれど、

「ケイト君のお友達も若いのに賢《かしこ》いわね」

カイラルの力を借りられるのは大きいわ。ケイト君のお友達も若いのに賢《かしこ》いわね」

本当に人間は面白《おもしろ》い。と、ラキシスさんは小さく呟《つぶや》く。薄《うっす》らと浮《う》かぶ微笑《ほほえ》みは好意的なように俺には感《かん》じた。

「どれくらいの規模《きぼ》の組織なのかはまだわからないけど、私の身内を狙ったのが運の尽《つ》きね。少し泳《およ》がせて証拠《しょうこ》を掴《つか》んで……そうね。一ヶ月以内にこの街から叩《たた》き出《だ》すわ」

「じゃあ、その間《あいだ》は注意しておきます」

シーリアを組織的《そしき》に狙っていることに余程《よほど》の怒《いか》りを感じているのか、静《しず》かだが力の込《こ》もった口調《くちょう》でラキシスさんはそう言い切《き》った。

そして、彼女は俺を真《ま》っ直《す》ぐに見つめる。

「ケイト君、一つ聞かせてもらってもいい？」

「なんでしょう」

「ケイト君は自分の能力を説明できる？」

その質問に、ぐったりとしていたシーリアが急に顔を上《あ》げてこちらを見る。

そのまま話そうとすると、それまで黙《だま》っていたクルスが俺の隣《となり》に立《た》って手を広げて俺を静止し、シーリアをじっと見て、静《しず》かに口を開《ひら》いた。

「貴女《あなた》も聞くの？」

「どういう意味よ」

シーリアが立ち上《あ》がって、一瞬だけ、クルスの胸元《むなもと》を見て驚《おどろ》いたような顔を見せ、彼女を睨《にら》む。だが、クルスは気にせずに続《つづ》ける。

「ケイトの能力を聞《き》いて態度《たいど》を変えたら彼が悲しむ」

「貴女は知っているの？」

「大体想像《そうぞう》は付《つ》いているし、私はケイトを信じているから関係ない」

クルスとシーリアが睨《にら》み合《あ》う。シーリアも下《さ》がる気はなさそうだ。だけど、先日の事件を経《へ》て、シーリアは俺の能力も知っている。

「いいよクルス。一緒《いっしょ》に聞いてもらう。心配してくれて有難う」

「わかった」

「クルスちゃん。うちの娘《むすめ》をあんまり虐《いじ》めないで欲《ほ》しいわ。怖《こわ》がりなんだから」

クルスが不満《ふまん》そうな顔をし、ラキシスさんはくすくすと笑《わら》う。

「私はもう教えてもらってあるしね」

シーリアが自信あり気に笑い、俺は頷《うなず》く。何故《なぜ》か笑顔はクルスに向《む》けられていたが。

「俺の能力は、能力や技術、『呪い付き』の特殊《とくしゅ》技能まで、一部を除《のぞ》いて数字で確認出来《かくにんでき》る能力です。有効範囲《はんい》はこの家三、四軒分くらいはあります」

クルスはシーリアをいないように無視《むし》して「なるほど」と、いつもどおりの無表情《むひょうじょう》で頷き、シーリアは「何度聞いてもとんでもないわね」と呆《あき》れている。嫌悪《けんお》の色は二人ともない。

ただ、ラキシスさんは思ったよりも深刻《しんこく》な表情《かお》をしていた。

「ケイト君。その能力は絶対に口外《こうがい》しては駄目《だめ》。クルスちゃんとシーリアもよ」

「危険ですか？」

「危険ね。特にカイラルには絶対に伝《つた》わらないようにすること」

クルスもシーリアも神妙な顔で頷《うなず》く。ただ、能力を見ることの出来るだけの便利《べんり》な能力だと思うのだけど、それ程《ほど》危険なのだろうか。

「わかりました。気を付《つ》けます」

「ええ、お願《ねが》いね。それじゃマイス君に会ってきなさい。貴方《あなた》の友人が先に話しているはずだから。待っていると思うわ」

「四人で会うのは久《ひさ》しぶりなのよね。今回は私は遠慮《えんりょ》しておくね」

俺は自分の能力についてもう少し考えてみようと思いながらラキシスさん達に黙《だま》って頷くと、クルスに「行《い》こう」と声《こえ》を掛《か》け、マイスの部屋へと向かった。

マイスの部屋の扉《とびら》をノックすると、中からヘインが入《はい》るように促《うなが》してきた。俺達は頷きあって中に入り、宿《やど》から運《はこ》んできた荷物《にもつ》を隅《すみ》に置《お》く。

部屋の中ではマイスが目の下《した》に隈《くま》を作り、むっつりと口を閉じてヘインの対面に座《すわ》っていた。何時《いつ》もの明るさは欠片《かけら》もなく、相当悩《なや》んだのが想像《そうぞう》できる。

「おかえり。ケイト、クルス」

「ヘイン。早速動《うご》いてくれているみたいで悪いな」

村にいた頃《ころ》よりも気難《きむずか》しくなってしまったヘインは、ふぅ、と疲《つか》れたような溜息《ためいき》を吐《つ》いて苦々《にがにが》しい顔で首を横に振《ふ》った。この四人が集《あつ》まるのは本当に久しぶりなのに雰囲気《ふんいき》は重苦《おもくる》しい。

「構《かま》わない。ただ、あのエルフさんは僕は苦手《にがて》だな。殺されるかと思った」

「そうか？　優《やさ》しいと思うんだけど」

「ケイトは騙《だま》されてる」

ヘインが何《なに》を言ってるんだという顔をし、クルスも理解しがたいといった感《かん》じに小さく呟《つぶや》く。何だかみんなまだ誤解《ごかい》をしているようだ。

「まあいい。確《たし》かに君には優しいんだろうし。マイスの話《はなし》は後《あと》でするとして、まず僕から彼女と話し合《あ》ったことを報告《ほうこく》しよう。大体の方向性は想像《そうぞう》が付いていると思うが」

「カイラル一族の人脈を活用する」

ああ。とヘインは頷く。そんな相手と平然《へいぜん》と付《つ》き合《あ》えるとは、子供の頃は普通に怖《こわ》がりな部分もあったのに、何時《いつ》の間《ま》に神経が太くなったのだろうか。

報告とは関係の無《な》いことを考えながら、ヘインに続《つづ》きを促《うなが》す。

「ああ。ラキシスさんの方はお前の名前を表に出《だ》さないことを協力の条件にした。僕としては願《ねが》ったりな内容だったんだけど、ユーニティアは既《すで》に興味《きょうみ》を持《も》ってしまっていてね」

ヘインは疲《つか》れたように肩落《かた》とす。二人の間《あいだ》に立《た》って大変だったのかもしれない。ユーニティアさんのことはよく知らないが、この巨大な都市を管理する一族の一員であり、天才と呼《よ》ばれるような少女だ。相応《そうおう》に厄介《やっかい》な性格はしていそうである。あまり借りを作りたくはない相手であることは間違《まちが》いない。

「お陰《かげ》で笑顔で剣を突《つ》きつけ合うような雰囲気《ふんいき》だったよ。ユーニティアは君が『呪い付き』であることは知っているけど、能力は知らない。だから気になるのさ」

「カイラルには気をつけろ、か」

「あいつには悪いけど違いないね。優秀な貴族というのは恐《おそ》ろしいものだよ。僕はそんな彼女に嘘《うそ》を吐《つ》いておいた。後《あと》が怖いね」

と、ヘインは肩を竦《すく》めて笑《わら》う。そんなことをして大丈夫なのだろうか。

「何故《なぜ》嘘を？」

クルスは嘘を吐く理由がわからなかったのかヘインに質問した。

「隠《かく》されると知りたくなるからね。嘘の答《こた》えでも知っていればある程度《ていど》は納得《なっとく》するのさ」

「どんな嘘を？」

「ケイトの能力は遠《とお》くを見る能力だって。多分、実際は違うだろ」

クルスが頷《うなず》く。俺は彼とマイスにも自分の能力を説明をしようと思い、口を開《ひら》こうと思ったが、制止《せいし》されてしまう。

「俺とマイスは知らない方がいい。マイスは顔に出やすいし、僕はどんな手を使ってでも聞《き》き出されてしまいそうだからね」

「そうか。すまないな。ずっと黙《だま》っていて」

「いいさ。どうせ僕達は変わらない。長い付《つ》き合《あ》いだからね」

ヘインは大《たい》したことないから深刻《しんこく》ぶるんじゃないと、立《た》ち上《あ》がって俺を軽《かる》く殴《なぐ》った。俺はやれやれと苦笑《くしょう》して、ヘインの肩《かた》を一度だけ叩《たた》き、クルスと一緒《いっしょ》に床《ゆか》に座《すわ》った。

「それでマイスは？」

さっきから俺達の話《はなし》を黙って聞いていたマイスに顔を向《む》ける。俺が来るまでヘインと話していたせいか、顔色は優《すぐ》れないものの落《お》ち込《こ》んでいるといった雰囲気《ふんいき》はない。

「ああ、決めたぜ。ヘインから話《はなし》を聞くまでは悩《なや》んだんだがな」

少し疲労《ひろう》が残《のこ》る顔でマイスは明るく笑《わら》い、俺の肩を思いっきりバシバシと叩く。痛《いた》い。わざと思いっきり叩いているらしい。

「結局《けっきょく》は元から俺に選択肢《せんたくし》なんてねえんだ」

迷《まよ》いを振《ふ》り切《き》った笑《え》み。彼は残るつもりなのだと俺は悟《さと》っていた。

「俺はクルト村に帰《かえ》る」

一瞬俺は虚《きよ》を突《つ》かれてマイスを見返《みかえ》す。しかし、彼はいたずらに成功した悪ガキのようにニヤリと笑《わら》いながら続《つづ》けた。

「今回の件《けん》が全部解決したらな」

「馬鹿《ばか》。父親いないのは駄目《だめ》」

不機嫌《ふきげん》そうにクルスはマイスを睨《にら》み付《つ》けていたが、彼は気にしている様子《ようす》もなく、こちらを向いて首を横に振る。

「俺が帰《かえ》ればケイト。お前の無茶を誰《だれ》が止《と》めるんだよ。前も死にかけただろうが」

「え……?」

言葉を無《な》くしたクルスに答えず、マイスは腕《うで》を組《く》み、神妙な表情《かお》で続《つづ》ける。

「それに親友を見捨《みす》てて帰ったなんて、リイナや子供に説明するのはごめんだしな」

うんうんと冗談《じようだん》めかしているが、窮地《きゆうち》にある俺を助けるために大切なものを置《お》いて俺を助けることを選《えら》んでくれたのだ。彼の選択肢《せんたくし》は全《すべ》て上手《うま》くいけば問題無いものであったが、危険なことには違《ちが》いはない。

「そうか。確《たし》かに俺を止めてもらわないとな」

「そうだろ?」

マイスは損《そん》な性格をしている。困《こま》った者を絶対に見過《みす》ごせない正義感を持《も》っている。

それは素晴《すば》らしいことだとは思うが……俺がもし同じ立場《たちば》の時、本当に迷《まよ》わず危険のある方を選ぶことができるだろうか。

「完全に巻《ま》き込《こ》んじゃったなぁ。しょうがないか」

「ああ。そうだそうだ。しょうがねぇ」

俺が諦《あきら》めて笑《わら》うとマイスも同じように笑う。ヘインも苦々《にがにが》しく笑い、クルスは大馬鹿、と呟《つぶや》いて憮然《ぶぜん》として拗《す》ねていた。

「大体半分以上はあの女のせいなのに」

「まあまあ、そういうなってクルス。あいつも結構いい奴《やつ》なんだぜ？」

確《たし》かに、シーリアのことがなければ恐《おそ》らく俺もここまでは警戒《けいかい》しなかった。普通に迷宮《めいきゅう》へと潜《もぐ》り、マイスも俺達に差《さ》し迫《せま》った心配がなければ迷いつつも帰っていたかもしれない。

だけど、彼女に責任《せきにん》が完全にあるとはいえないし、責《せ》めるのは酷《こく》だろう。

「てかよ。ケイトも俺と変わんねえじゃねえか。シーリアの為《ため》に命を賭《か》けてよ。お前だって家族がいるのに俺だけ駄目《だめ》ってのはねえぜ！」

「あ……そういやそうか。参《まい》ったなぁ」

「ケイト。女誑《たら》し」

マイスの言《い》う通《とお》りだ。俺も迷うより先に体が動いたな……と苦笑《にがわら》いする。そんな俺を見てヘインはおかしそうに笑《わら》った。

「マイスの迷いも晴れて何《なに》よりだ。さて僕は……っと、危《あぶ》ない。忘《わす》れるところだった。これを渡《わた》しておかなければ」

そういって、ヘインは自分の鞄《かばん》から袋《ふくろ》に入《はい》った何かを俺に手渡《てわた》す。袋の中には球体の何かが入っているようだ。クルスも興味《きょうみ》深そうに袋を見る。これはなんだろう。

「何これ？」

「それはケイトの位《い》置《ち》を確認《かくにん》するための道具だ。魔力石が加工されていてね。対応する魔力石がある方向と距離《きょり》を光の強弱で教えてくれる」

クルスとマイスが説明を聞《き》いてもよくわからないといった風《ふう》に首を傾《かし》げる。ようするに、発信機みたいなものかなと思う。問題はこの道具を俺に渡す意図《いと》だ。

「何故《なぜ》こんな物《もの》を？」

「ケイト達が狙《ねら》われているなら、迷宮《めいきゅう》内でもお前を襲《おそ》わないとは限《かぎ》らない。だから、雇《やと》った冒険者に警戒《けいかい》させるらしい。まぁこれはラキシスさんの発案だが」

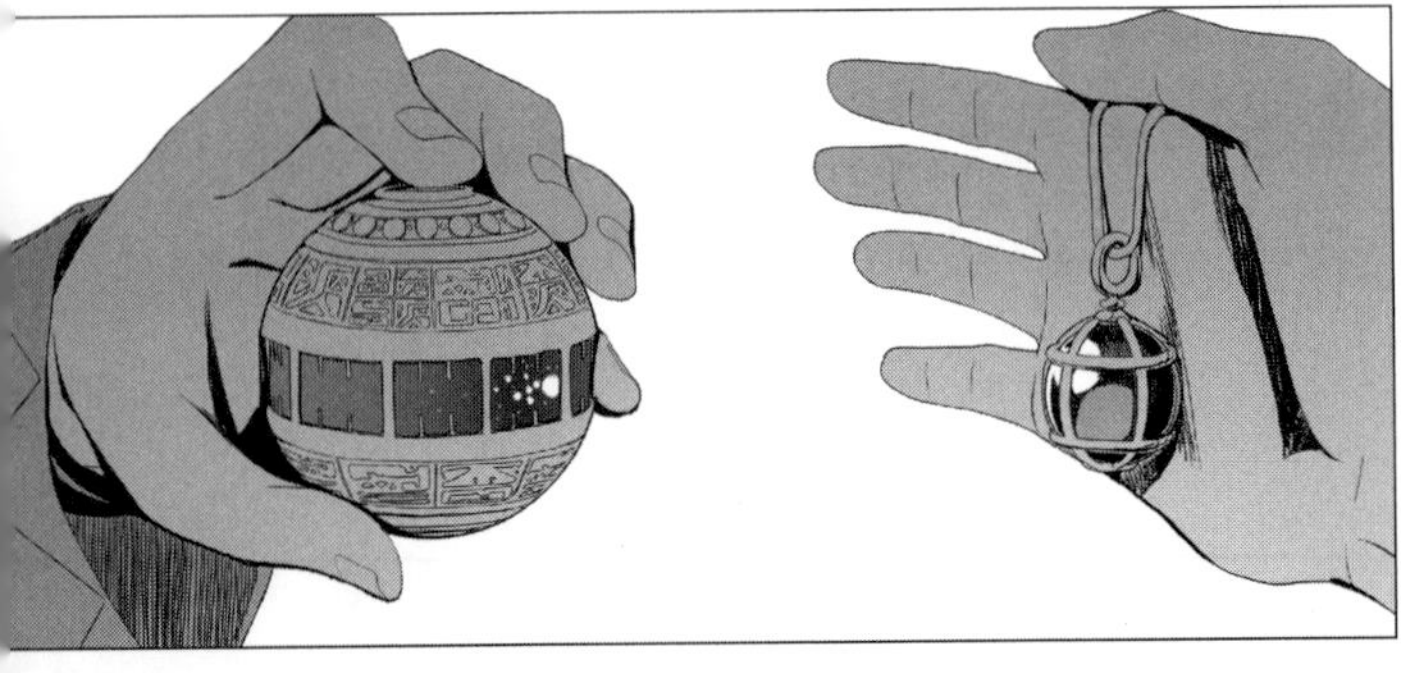

「親馬鹿《ばか》。だけど、ちょっとだけ見直《みなお》した」

ふむ、と少しだけ考える。自分の能力があれば迷宮内でもおそらく逃《に》げ切《き》ることは可能だ。意味はない気がするが、ラキシスさんの好意を無にすることもない。

俺は頷《うなず》いて彼から説明を受けた道具を利用することに決めた。

道具を渡すとヘインは寮《りょう》へと帰《かえ》ろうとしたが、マイスは帰ろうとする彼の首根《くびね》っこを掴《つか》んで止《と》める。俺達もヘインも何事《なにごと》かとマイスを見たが、彼は笑って酒を飲む仕草《しぐさ》をした。

「まあ待て。折角《せっかく》四人集《あつ》まったんだ。飲もうぜ。ヘイン、お前はもう成人だろ」

マイスはヘインに片目を瞑《つむ》って笑いかける。ヘインは驚《おどろ》いていたが、はぁ……と溜息《ためいき》を吐《つ》き、仕方《しかた》がなさそうに笑った。

「僕は酒で前に失敗したんだ。酒を余《あま》り飲まなくていいなら付《つ》き合《あ》うよ」

翌日《よくじつ》の朝にはマイスはいつもの快活《かいかつ》さを取り戻《もど》していた。

まあ、この大雑把《おおざっぱ》な友人に複雑な悩《なや》みは似合《にあ》わないし、これで良《よ》かったのかもしれない。

マイスは苦手《にがて》な手紙を、紙いっぱいに思いを書いて送《おく》ることにしたらしい。クルスが読ませてと頼《たの》んでいたが、大きな体の後《うし》ろに手紙を必死に隠《かく》して恥《は》ずかしいから駄目《だめ》だと断《ことわ》っていた。

きっとリイナの手元に渡《わた》ると一生大事《だいじ》に保管《ほかん》されてしまうに違《ちが》いない。

それから数日は平穏に過《す》ごすことが出来《でき》た。

いつものように準備をして神殿に宿《やど》を取っているゼムドが来るのを待ち、迷宮《めいきゅう》のある荘厳《そうごん》な建築物の中に入《はい》っていく。迷宮に潜《もぐ》る冒険者で溢《あふ》れる建物の中、歩いていると探知《たんち》の能力に知っている名前が引《ひ》っ掛《か》かった。身《み》を固《かた》くして警戒《けいかい》する。

軽目《かるめ》の鎧《よろい》を身に付けた金髪の優男《やさおとこ》はすぐにこちらに気が付き、手《て》を挙《あ》げて傍目《はため》には爽《さわ》やかに見える笑《え》みを浮《う》かべながら馴《な》れ馴《な》れしく近付《ちかづ》いてきた。

「やあ、おはよう！　ケイト君も元気そうだね」

不快《ふかい》そうに顔をしかめるシーリアを背中に隠《かく》しながら、俺は肩《かた》を叩《たた》こうとした奴《やつ》の手を軽《かる》く払《はら》い、感情を出《だ》さないように冷静《れいせい》に返《かえ》す。

多くの役人が彼を捕《つか》まえんと警戒しているにも関《かか》わらず、迷宮の中にいるのが『当然』といった様子《ようす》で彼はそこに立《た》っていた。潜入《せんにゅう》することなど造作《ぞうさ》もないとでも言《い》いたいかのように無造作に。

「サイラルか。俺達に何《なに》か用？」

「俺のシーリアちゃんはきちっと守ってくれてるらしいね。前の活躍《かつやく》は聞《き》いたよ。だからお礼《れい》を言いに来たのさ」

内心の驚《おどろ》きを必死《ひっし》に抑《おさ》えながら俺は周囲《しゅうい》を『能力』で確認《かくにん》したが、役人やカイラルの息が掛《か》かった者達が動《うご》く様子はない。サイラルはカイラルでは既《すで》に賞金首にもされている。にも拘《かかわ》らず誰《だれ》も気付《きづ》いていないのは『能力』を使っているということだろう。

「お、今日はまた新しい可愛《かわい》い子もいるじゃないかっ！」

黙《だま》り込《こ》んだ俺を気にすることもなく、そう嬉《うれ》しそうに言いながらサイラルはクルスの方を見たが、彼女はまるで物《もの》を見るような眼で見返《みかえ》している。

「おおっ！　こわっ！　だがそれもそそるねぇ」

「あんたみたいな変態は好《この》みじゃないらしいよ」

「やー。君は本当に堅苦《かたくる》しいなぁ。どうせ俺のモノになるんだし、彼女達の好みなんてどうでもいいのさ。わかってないなぁ」

サイラルは本当に俺のことを心配するように溜息《ためいき》を吐《つ》くと、やれやれと首を横に振《ふ》った。

本当に彼は同じ人間なのだろうか。そう思い、怒《いか》りよりも不快《ふかい》さが沸《わ》き上《あ》がる。

だが、サイラルは俺の態度《たいど》を意《い》に介《かい》さず微笑《ほほえ》む。

「どうして君は他人のためにそんなに必死《ひっし》になれるのかな」

「仲間を守るのは当たり前だ」

不思議そうに聞いてくるサイラルに答《こた》えると、彼は腹《はら》を抱《かか》えて笑《わら》いだした。馬鹿《ばか》にしているといった感《かん》じではない。心底可笑《しんそこおか》しいといったように。

「あはははははっ！　う、ごほっごほっ！　はぁ～いやいや、若いねぇ。だが、覚《おぼ》えておくといい。人間は……いや、全《すべ》ての生き物は須《すべか》らく裏切《うらぎ》るものさ」

サイラルは笑《え》みを納《おさ》めると、剣の鞘《さや》を弄《いじ》りながら口の端《は》だけ歪《ゆが》める。そして、傍《かたわ》らで憎悪《ぞうお》の視線《しせん》を向《む》けていたザグにそろそろ行《い》くぞと声《こえ》を掛《か》ける。

「君もいずれわかるさ。いや、早くわかって欲しいね。本当に信用できるのは自分と金だけだってね。後《あと》は利用するかされるかに過《す》ぎない」

本気で言《い》ったのだろう。今までで一番真剣で力の篭《こも》った自棄《やけ》な言葉だった。彼も『呪い付き』だ。何《なに》か根本《こんぽん》から人生観が変わるような事件があったのかもしれない。だが……。

「人が裏切るなんて昔から知ってるさ。だけどそれだけじゃない」

去《さ》っていく彼らを見ながら、俺は誰《だれ》に言うでもなく小さく呟《つぶや》いていた。

この日は用心し、探知《たんち》をしながら潜《もぐ》ったが、サイラルとは朝以外に出会うことは無《な》かった。常《つね》に名前の知らない人間の反応があったが彼等《かれら》はヘインが言っていた護衛《ごえい》だろう。俺達の近くを付《つ》かず離《はな》れず歩いている。同じ階の魔物に襲《おそ》われても歩《あゆ》みが止《と》まらないところから考えると、中々の実力者かもしれない。

シーリアも初日にクルスと潜った時と違《ちが》って普段《ふだん》の調子を取り戻《もど》しており、冷静《れいせい》な判断で魔法を使《つか》い分《わ》けて戦っていた。

そしてクルスがゼムドだけではなく他《ほか》の者とも上手《うま》く連携《れんけい》が取れることを確認《かくにん》すると、効率《こうりつ》よく魔物を狩《か》るためにそれなりの強さの魔物が襲ってくる地下三階の広間に陣取《じんど》り、シーリアに明かりを生み出《だ》す魔法を使ってもらう。

光で集《あつ》まった魔物をシーリアを守りながら倒《たお》していく。このやり方なら魔物もまとまった数が来るため稼《かせ》ぎの効率は格段《かくだん》にあがる。敵《てき》の数に慣《な》れるまでは俺達も何度も逃《に》げたものだったが、クルスも慣れると両手剣を振《ふ》るうマイスと変わらない強さで狩りをこなしていた。

一日の狩りを終《お》え、ドワーフのゼムドと別《わか》れるとみんなで夕食を食べながらラキシスさんと情報を共有する。彼女は料理に懲《こ》りたのか夕食は前に俺達が宿《やど》に取っていた『雅《みやび》な華亭《はなてい》』で素直《すなお》に作ってもらっており、冒険を終《お》えた俺達が受《う》け取《と》って帰《かえ》っていた。

今、ラキシスさんは一緒《いっしょ》に料理をフォークで突《つ》つきながら、機嫌《きげん》よさそうにみんなの話《はなし》を聞《き》いている。

「ふぅん。じゃあ、シーリアも大丈夫だったのね」

「当たり前！　前は調子が悪かっただけよ」

パタパタ振っている尻尾《しっぽ》がたまに俺が座《すわ》る椅子《いす》に当たって小さな音を立《た》てている。彼女は見せている表情《ひょうじょう》は不機嫌《ふきげん》そうだが……どうやら気付《きづ》いていないらしい。

クルスは心底《しんそこ》どうでもいいといった感《かん》じだが、

「足でまといではなかった」

と、それだけ呟《つぶや》いて我関《われかん》せずといった風《ふう》に料理を食べていた。

今日のシーリアの仕事は的確《てきかく》だった。仲が良《よ》くないクルスのフォローも完全にこなし、全体を見ながら戦えていた。クルスも見直《みなお》したらしい。

彼女も素直《すなお》ではないので絶対に認《みと》めないだろうが。

「ラキシスさんの方はどんな感じですか？」

「なんとも言《い》えないわね」

ラキシスさんが、冷たく見えるエメラルドグリーンの瞳《ひとみ》を此方《こちら》に向《む》ける。彼女はサクッと野菜にフォークを突《つ》き刺《さ》しながら、少しだけ微笑《ほほえ》む。

「組織《そしき》の方は特定しているのだけれど、今は泳《およ》がせてる。準備がもう少し必要ね……例のサイラルは迷宮《めいきゅう》にいたって本当？」

「ええ。今日は迷宮の方にいました」

「おかしいわね。どんな手品《てじな》なのかしら」

ラキシスさんはサラダを上品な手付《てつ》きでゆっくりと口に運《はこ》びながらこちらを向く。

第一市街や第二市街の検問を抜《ぬ》け、賞金首として手配《てはい》されているにも関《かか》わらず、人通《ひとどお》りの多い迷宮の入口でも誰《だれ》にも気付かれない。

「彼の能力かもしれません」

「『呪い付き』としての能力ね。そう考えるのが妥当かな?」

他《ほか》のみんなも興味《きょうみ》深そうにこちらを見る。俺の能力のこともあり、相手がどんな能力を持《も》っているのかが気になるのかもしれない。

クルスだけは必死《ひっし》に肉を切《き》り分けようと料理と格闘していたが。

「サイラルの能力は『結界』です。詳《くわ》しい力まではわかりません」

「名前だけ……か。『結界』ね。名前から連想《れんそう》できる能力なんでしょうね」

好奇心《こうきしん》を刺激《しげき》されたかのようにラキシスさんは楽しそうにああでもない、こうでもないと考え始《はじ》める。こういうところは冒険者らしい。

謎があれば答《こた》えを知りたくなるといった雰囲気《ふんいき》。

考えるのが苦手《にがて》なマイスは早々《そうそう》にわかんねぇ！　と大声《おおごえ》を出《だ》して唸《うな》っていたが、すぐに諦《あきら》めると彼は頭をかきむしり、顔をしかめてシーリアの方を見る。

「魔法かなんかでないのかよ。『結界』ってよ」

「そうね。『結界』といっても魔法だと色々考えられそうなのだけど」

話《はなし》を振《ふ》られたシーリアはテーブルに肘《ひじ》を付いて手に顎《あご》を載《の》せて、悩《なや》むような素振《そぶ》りを見せた後《あと》、マイスに答える。

「結界には何種類かあるんだけど、大雑把《おおざっぱ》には二つに大別《たいべつ》してできるわ」

「おいおい、俺にもわかるように専門用語なしで説明してくれよ？」

「わ、わかってるわよ！　二種類っていうのは儀式《ぎしき》結界と個人結界ね」

　不安そうなマイスに慌《あわ》てたよう一度咳払《せきばら》いしてから説明を始める。彼が何《なに》も言《い》わなければ専門用語漬《づ》けの解説を聞《き》かされていたかもしれない。

　彼女の説明によると、儀式結界というのは魔力の込《こ》もった道具を利用して大規模《だいきぼ》な効果を発生させる魔法で、個人結界というのは人の魔力を利用してごく狭《せま》い範囲《はんい》に効力を及《およ》ぼす魔法らしい。

　結界内の効果は様々《さまざま》で、魔力を使えなくする、精霊を消《け》す、外からの魔法を防《ふせ》ぐ、物理的な攻撃を防ぐ結界もある。当然魔力や道具で効果は大きく変わるそうだ。

「まあ、私の専門じゃないから完璧《かんぺき》な説明は出来《でき》ないけれ

ど」

「十分だよ。最悪を想定したほうがいいかもしれないね」

長い説明をしてくれたシーリアに礼《れい》を言い、結論《けつろん》として俺はみんなにそう答《こた》えた。

必死《ひっし》に話に付いてきて「ややこしそうな魔法だな」と呟《つぶや》いていたマイスが、顔を上《あ》げて俺の方を向《む》く。最悪という言葉に引《ひ》っ掛《か》かったらしい。

「最悪ってどういうこった？」

「あらゆる結界を扱《あつか》える可能性があるってところかな？」

「うげ！　そんなのどうすんだよ？」

嫌《いや》そうな顔をしているマイスに、俺はサイラルと出会った時から考えていた推察《すいさつ》を話すことにした。俺の能力を考えると、同じ『呪い付き』である奴《やつ》の特殊《とくしゅ》能力もかなり高《たか》い性能である可能性は高い。だが、彼自身《じしん》の強さはあくまで俺達よりも少し高い程度《ていど》だ。

「ただ、万能《ばんのう》な能力じゃないと思う。もしそうなら仲間はいらない」

マイスを安心させるように俺は笑《わら》う。だが、不完全であることは間違《まちが》いない。そう言《い》い切《き》れる理由がある。彼が俺と同じ世界から来たのであれば。

サイラルを裏切《うらぎ》る形で俺に敗北し、俺自身《じしん》も既《すで》に処分されたと考えていたザグを未《いま》だに生かして連《つ》れているのも、証拠《しょうこ》の一つになっている。

「そうね……私の方でも結界についての資料を用意しておくわ。その上で考えた方がいいかもね。サイラルの対応《たいおう》を」

俺の答えにラキシスさんは頷《うなず》き、そう纏《まと》めたラキシスさんにクルス以外の全員が頷く。シーリアは落《お》ち着《つ》いて料理を食べているクルスを嫌《いや》そうに見て声《こえ》を掛《か》けた。

「クルス。貴女《あなた》は考えないの？」

「話《はなし》は聞《き》いてる。魔法の知識《ちしき》がないから貴方《あなた》達の結論《けつろん》通《どお》りに動《うご》く。ケイトの最悪を想定するというのには賛成。私が前に会った人は即死の怪我《けが》を短時間で治《なお》して逃《に》げたから」

「嘘《うそ》は……吐《つ》かないわよね」

食べ終わったのか口を布で拭《ふ》きながら、クルスは淡々《たんたん》と答《こた》える。シーリアは彼女の答えを聞くと大きな溜息《ためいき》を吐《つ》いて首を横に振《ふ》った。

シーリアの気持ちはわかる。クルスの話に誇張《こちょう》がないなら『呪い付き』が迫害《はくがい》されるのも無理はないかもしれない。『呪い付き』の特殊《とくしゅ》能力は異常すぎる。そんな風《ふう》に俺は思った。

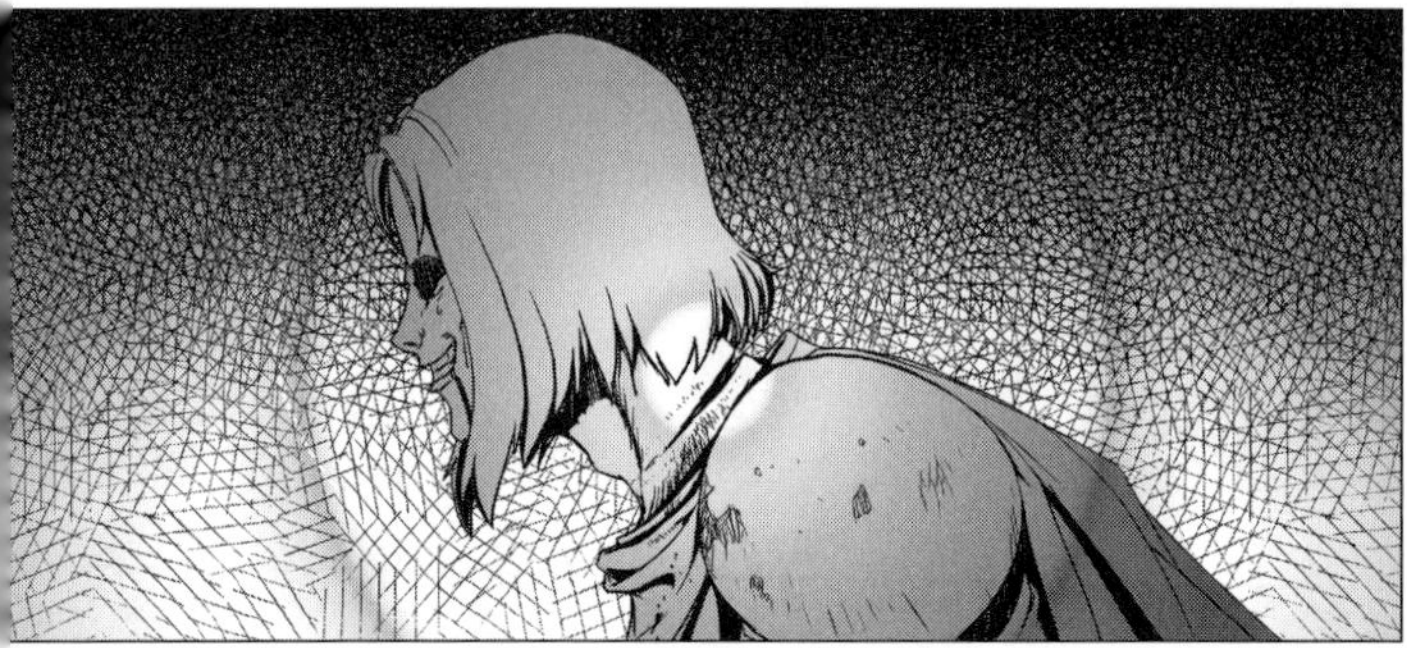

ヘインとラキシスさんに調査を任《まか》せるようになってから三週間の時が流《なが》れた。

彼の背後にいる組織《そしき》に関《かん》しては未だに全体像は見えていないらしい。ラキシスさんは日を追う事に難《むずか》しい顔をするようになり、

「カイラルにあるのは彼等《かれら》の本拠ではないわね」

と、溜息混《ま》じりに調査の進《すす》み具合を説明していた。

ただ、サイラルがこの街に戻《もど》り、動いているのは間違《まちが》いないらしい。神出鬼没《しんしゅつきぼつ》で殆《ほとん》ど姿《すがた》を見せないらしいが、この街に居て生きている限《かぎ》りその痕跡《こんせき》を消しきることは出来《でき》ないとラキシスさんは笑《わら》って話していた。

「サイラルは捕《つか》まえられませんか？」

「もう少し。この街にある彼の仲間の拠点《きょてん》の位置《いち》を大体把握《はあく》したら一網打尽《いちもうだじん》にするつもり。バラバラに逃《のが》すと捕《つか》まえるの大変だからね」

後《あと》もう一息かな。と、微笑《ほほえ》んでいた。

あの日からもサイラルとはたまに迷宮《めいきゅう》の入口で顔をあわせている。彼の様子《ようす》は全《まった》く変わっていない。俺達をからかうかのように嗤《わら》い、ふらっと去《さ》っていく。

一見、意味のない行動。危険を冒《おか》してまで俺達をからかいたいのか……他《ほか》に理由があるのか。あるとすれば……。

「ケイト。何《なに》か変」

ぽつりと嫌《いや》そうに呟《つぶや》いたクルスに頷《うなず》く。彼女も気付《きづ》いたらしい。サイラルの嘲笑《ちょうしょう》は俺達に向《む》けられたものではないのかもしれないということに。

「ゼムド。大丈夫？　顔色悪いよ？」

「ん？　いや、わっはは、少し寝不足でな。大丈夫じゃ」

心配そうなシーリアに明るく笑《わら》うゼムドが痛々《いたいた》しい。彼も大事《だいじ》な仲間だ。からっとした性格で思いやりもある。個人的には友人だと思っている。

だが、彼がサイラルや彼に繋《つな》がる組織《そしき》と関《かか》わりがある可能性は以前よりも格段《かくだん》に高くなっている。ゼムドがヘインが追っていた異種族《いしゅぞく》が消《き》える事件の犯行組織、『リブレイス』の一員であることは間違いのない事実だ。

急速に拡大しているこの組織に『呪い付き』が関わっているとすれば、今のゼムドの状態にも説明がついてしまう。

(仲間を疑《うたが》う……か。俺は結局《けっきょく》、誰《だれ》かを信じられないのかな)

上手《うま》くいかないものだと思う。前にゼムドが話してくれた葛藤《かっとう》も今の自分と同じ種類のものなのかもしれない。

いざとなればゼムドと一緒《いっしょ》にサイラルを捕《つか》まえるのも辞《じ》さないと考えておきながら、今こうして知らないふりをして彼と迷宮《めいきゅう》で協力している。俺は卑怯《ひきょう》だろう。

それでも村のみんなや守ると決めたシーリア、そして親友達を守るためなら。そして、ゼムドがもし奴《やつ》に与《くみ》し、犯罪行為に加担《かたん》しているなら容赦《ようしゃ》はしない。

彼が街から逃《に》げてくれればお互《たが》いにとって一番いいのだが。

「ケイト。大丈夫？」

敵《てき》を倒《たお》した後の休憩中、クルスはそうやってたまに小声《こごえ》で確認《かくにん》してくる。シーリアは不思議そうにしているが、付《つ》き合《あ》いの長さの差《さ》だろう。彼女には嘘《うそ》はすぐばれてしまう。だが、大丈夫と自然に返《かえ》しておく。

動《うご》きがあったのはクルスにそう返したその時だった。

俺達を常《つね》に尾行《びこう》している二組の護衛《ごえい》の内《うち》、一組の近くにサイラルとザグ、他二名の反応が近付《ちかづ》いたかと思うと、一瞬で護衛《ごえい》の反応が消えたのである。

「なっ！」

「え、え、何《なに》？」

思わず驚《おどろ》きの声を上《あ》げた俺に全員が振《ふ》り向《む》く。

「いや、勘違《かんちが》いだった。すまない。そろそろ行《い》こう」

「驚かせんなよ。ケイト」

少なからずショックを受《う》けながらも平静《へいせい》さを取《と》り繕《つくろ》い、状況を整理する。

今いる場所は迷宮《めいきゅう》の地下三階。迷宮内部はかなり広大で、偶然に他の冒険者と出会うという可能性はゼロではないがそれほど高《たか》くない。

そうなるとサイラルは自分達が襲《おそ》った冒険者達が俺達の護衛《ごえい》であることを知っていたことになる。あいつは何らかの手段で俺達の居場所を把握《はあく》している。

しかし、護衛の冒険者達に一方的に勝てるほどサイラルはともかく、ザグの能力は高くないはずだ。他《ほか》の仲間か『結界』の力だろうか。

このままこちらを襲《おそ》いに来ることを警戒《けいかい》したが、サイラル達はしばらく留《とど》まった後《あと》、引《ひ》き返《かえ》していった。

しばらくすると、もう一組が異常に気付《きづ》いたのか、サイラル達に襲われた冒険者の方に近付《ちかづ》いていく。俺も彼等《かれら》まで襲われた場合にフォローできるよう、みんなの移動を誘導《ゆうどう》していったが、どうやら近くにはサイラルはいないようだ。

(そんな……まさか……)

他の者に悟《さと》られないよう動揺《どうよう》を必死《ひっし》に押《お》さえ込《こ》み、もう少しだけ探索《たんさく》した後《あと》、襲われた場所を迂回《うかい》して俺達は迷宮から帰還《きかん》した。

自分達を護《まも》っていた冒険者の死。それは他人の死にあまり慣《な》れていない俺に予想以上の衝《しょう》撃《げき》を与《あた》えていた。

二章　覚悟の刻

　帰宅するとラキシスさんは家の窓《まど》から外を眺《なが》めて沈《しず》む夕日を物憂《ものう》げに眺めていた。もう一組の冒険者から報告《ほうこく》は届《とど》いているのだろう。彼女の横顔《よこがお》は普段《ふだん》と変わらないが、どこか辛《つら》そうに見える。

「ただいま」

「おかえりなさい。今日も無事で良《よ》かったわ」

　俺達が戻《もど》ったことに気付《きづ》くと、彼女は穏《おだ》やかな笑顔を見せてくれた。マイスやシーリアは楽しそうに当たり前だと騒《さわ》ぎ、クルスは無表情《むひょうじょう》にラキシスさんをじっと見ている。

　食事前に身体《からだ》を拭《ふ》くために、マイスとシーリアは部屋をすぐに出ていったがクルスは途中《とちゅう》で足を止《と》め、ラキシスさんに近付《ちかづ》いて声《こえ》を掛《か》ける。

「ラキシス。何《なに》があった？」

「そんなに私は変だったかしら？」

「貴女《あなた》は元々変だけど、ケイトがそれ以上に変だったから」

　ラキシスさんは俺の方を見て苦笑《くしょう》した。クルスも俺の方を見る。

　諦《あきら》めるように俺は溜息《ためいき》を吐《つ》いた。

「全員が揃《そろ》ったら言《い》うよ。まずは俺達も着替《きが》えよう」

「嘘《うそ》は許《ゆる》さない」

俺は真剣な表情《かお》のクルスに「わかっている」と頷《うなず》くと彼女を促《うなが》して、話《はなし》をする前に先に身体を拭いて服を着替えることにした。

全員の着替えが済《す》むと食事の前にと、ラキシスさんが全員を集《あつ》める。今日の事件の話をするためだ。俺の見通《みとお》しの甘《あま》さが原因《げんいん》で人死《ひとじ》にを出《だ》してしまった。

気が重《おも》い。いや、焦燥《しょうそう》と後悔《こうかい》が胸《むね》の内《うち》を吹《ふ》き荒《あ》れている。だが、だからこそ確認《かくにん》しないわけにはいかない。無関係《むかんけい》ではいられない。

「まず、貴方達の護衛《ごえい》をしていた冒険者、三人が殺されたわ」

「なっ！　まじかよ！」

シーリアが驚《おどろ》きで眼を見開《みひら》き、マイスが大声《おおごえ》で叫《さけ》ぶ。だが、クルスは冷静《れいせい》さを崩《くず》さず、彼女に聞《き》き返《かえ》す。

「どんな風《ふう》に？」

「一方的に。抵抗《ていこう》した素振《そぶ》りがなかったらしいわ。剣も鞘《さや》に入《はい》ったまま」

淡々《たんたん》とラキシスさんは状況を説明する。殺された冒険者はそれなりの実力者だったが、抵抗することなく、一太刀《ひとたち》で殺されていたらしい。

「全員無抵抗というのも変な話なんだけどね」

「複数人いました。サイラルの能力は仲間にも効果があるのかもしれません」

沸《わ》き上《あ》がる激情《げきじょう》を拳《こぶし》を握《にぎ》り締《し》めて抑《おさ》えながら、意識《いしき》して普段通りに俺は話した。ラキシスさんはそんな俺を心配そうに見て「なるほど」と頷《うなず》く。

「報告《ほうこく》を聞いてサイラルを形振《なりふ》り構《かま》わず仕留《しと》めようとも思ったのだけど、彼等《かれら》が迷宮《めいきゅう》から出てくることはなかったし、アジトの候補地も同時襲撃《しゅうげき》で全箇所潰《つぶ》したのに彼はいなかった。私から逃《に》げ切《き》るなんて隠密行動が随分《ずいぶん》得意なようね」

ラキシスさんはその秀麗《しゅうれい》な顔に厳《きび》しい表情《ひょうじょう》を浮《う》かべて告《つ》げた。

「事件が解決するまでここにいなさい。あいつは貴方《あなた》達の手《て》に余《あま》る」

「そんな！　ラキシス様っ！」

シーリアが不服《ふふく》そうな声を上げるが、きっ！　とラキシスさんは睨《にら》み付《つ》けて彼女を黙《だま》らせる。その眼光《がんこう》を恐《おそ》れたのかシーリアが耳を寝《ね》かせ、涙目になっていたが、顔は伏《ふ》せずにしっかりラキシスさんを見つめ返《かえ》していた。

だが、ラキシスさんが心配するのも無理はない。娘《むすめ》が死地に飛《と》び込《こ》むことを良《よ》しとするはずもない。

「ラキシスさん。この家にいても危険は変わりません」

「どういうこと？」

不機嫌《ふきげん》さを隠《かく》さずにラキシスさんが俺を睨《にら》む。あまりの迫力に恐怖《きょうふ》心が沸《わ》くがここを引《ひ》くわけにはいかない。

「俺の能力ではサイラルの反応は見えていました。だが、奴《やつ》は相手に気付《きづ》かれていない。恐《おそ》らく目の前にいても見えないのではないかと。だとすればラキシスさんが離《はな》れたときにこの家が襲撃《しゅうげき》されると思います。精霊の守りも有効かはわかりませんし」

「なるほどね。ケイト君はどうしようと思っているの？」

落《お》ち着《つ》きを取り戻《もど》したのかラキシスさんは小さく息を吐《は》いて、こちらを見る。

「相手がどうやって俺達の位置《いち》を把握《はあく》しているかは想像《そうぞう》が付《つ》きます。サイラルも元々感《かん》づいていなくて、偶然に護衛《ごえい》の存在《そんざい》を知った可能性もあるんです」

「ああ、そういうことね。ますます危険じゃない」

俺達の場所を把握する方法。俺がヘインから受《う》け取《と》った道具だ。基本的にこれは特定の相手との距離《きょり》しかわからない。当然ヘインが裏切《うらぎ》っているとは微塵《みじん》も考えていない。

他《ほか》の三人の手前はっきりとは言《い》えないが、ラキシスさんは理解してくれたらしい。彼女は『彼』とは古い知り合《あ》いだから、素性《すじょう》はある程度《ていど》は理解しているのだろう。

俺の想像が正《ただ》しければ、サイラルが今になって直接的に動《うご》き出《だ》したことにも説明が付く。

彼は余裕《よゆう》そうな素振《そぶ》りを見せていたが……。

「彼等《かれら》も焦《あせ》っているのかもしれません」

「自分達が本気で追われていることに気付《きづ》いたのでしょうね」

それでもサイラルが執着《しゅうちゃく》している俺やシーリアを襲《おそ》う可能性は高《たか》い。そのまま現《あらわ》れずに逃《に》げてくれればそれでもいい。それを確認《かくにん》する方法は簡単で明日《あす》、確《たし》かめることができる。

「俺達が囮《おとり》になって奴《やつ》を引きずり出して、ラキシスさんに倒《たお》してもらいます」

「ケイト君……正気？」

例《たと》えこちらが調査をしていたことを掴《つか》み、奇襲《きしゅう》を仕掛《しか》けるつもりであっても、俺の能力を知らなければ油断《ゆだん》を突《つ》くことは出来《でき》る。

驚《おどろ》いたように伺《うかが》っていたラキシスさんに俺ははっきりと言《い》った。

「同じ『呪い付き』である俺にしか多分、あいつの優位は潰《つぶ》せません」

「そう……ケイト君はそう言ってるけど他の子達はいいの？」

ラキシスさんは他《ほか》の三人をちらっと見て諦《あきら》めたように首を横に振《ふ》る。彼らは揃《そろ》って同じような笑《え》みを浮《う》かべていたからだ。

「いやまた、ケイトが俺だけで行《い》くっ！　とか言い出《だ》すかと思ってはらはらしたぜ」

「うん。格好つけたら殴《なぐ》ろうと思ってた」

マイスが俺の口調《くちょう》を真似《まね》して大笑《わら》いし、クルスが楽しそうに微笑《ほほえ》む。そして、シーリアも少し震《ふる》えて顔も真っ赤にしながらもしっかりラキシスさんの眼を見て言った。

「私が狙《ねら》われているのなら返《かえ》り討《う》ちにしてやるわよ。このシーリア・ゲイルスタッドを舐《な》め

たことを後悔《こうかい》させるの。絶対にっ！」
シーリアは立《た》ち上《あ》がって興奮した様子《ようす》で拳《こぶし》を振《ふ》り上《あ》げてそう宣言《せんげん》した。ラキシスさんはそんな彼女を呆《あき》れたように見ていたが、心無《な》しか嬉《うれ》しそうにも見えた。

夜《よる》、俺はラキシスさんから明かりを借り、自分の部屋で故郷《こきょう》から持《も》ち込《こ》んだ弓の調子を確《たし》かめていた。手元は見えにくいがピィイン……と弦《げん》を引《ひ》いて張《は》り具合《ぐあい》を確認し、正確に調整していく。

村を出てから数ヶ月弄《いじ》っていなかったため、弓の使い方の勘《かん》を忘《わす》れ、弦は緩《ゆる》んでしまっていた。それでも弓を触《さわ》っているうちに、動物を狩っていた頃《ころ》を徐々に思い出《だ》していく。

弓の調整を終《お》えると俺は立ち上がり、ゆっくりと矢をつがえずに構《かま》えて弦を強く引いた。

大丈夫そうだ。

確認《かくにん》して弓を置《お》く。明日《あす》はおそらくこの弓を使うことになる。

動物ではなく、人を射《い》るために。

ふう、と息を吐《は》く。昔のゴブリンの時ほどの緊張《きんちょう》がないのは何故《なぜ》だろうか。慣《な》れてしまったからか。それとも、現実感がないのか。

矢の本数の確認も終えたとき、部屋の扉《とびら》をノックする音が聞《き》こえた。この叩《たた》き方はクルスだろう。俺はそのまま中に入《はい》るように促《うなが》す。

「弓……使うの？」

「相手が近付《ちかづ》いたら弓を使い易《やす》い場所に誘導《ゆうどう》して容赦《ようしゃ》なく撃《う》つ」

「撃てるの？」

クルスは部屋の中に入るとベッドの上に腰《こし》を降《お》ろした。俺は弓を置き、椅子《いす》を彼女の対面に移動させ、座《すわ》って彼女と向《む》き合《あ》う。

彼女は部屋に入る前に髪《かみ》と身体《からだ》を拭《ふ》いていたらしく、顔にかかる乾《かわ》き切《き》っていない長い髪を鬱陶《うっとう》しそうに背中の方にどけながら俺の反応を窺《うかが》っていた。

彼女の言葉は疑問《ぎもん》というよりは確認に近い。

「撃つさ。俺も前とは違《ちが》う」

「嘘《うそ》は吐《つ》いていなさそう。それならケイトは何《なに》に迷《まよ》ってるの？」

本当に隠《かく》せないなぁと苦笑《にがわら》いする。それを見たクルスが早く話せといった風《ふう》に足をバタバタ動《うご》かして微笑《ほほえ》んだ。

「今回、サイラルに位置《いち》がばれた原因《げんいん》はゼムドの可能性が高《たか》い。八割くらいかな」

「後《あと》の二割は？」

「俺の能力の有効範囲《はんい》よりサイラルの能力の有効範囲が広く、俺達を常《つね》に追跡《ついせき》できるほど使いこなしている可能性」

どちらの可能性が高いのかと考えるとやはり前者だ。

知っているのか知らずに利用されているのかはわからないが、恐《おそ》らくヘインが俺に渡《わた》した物《もの》と同じ物を使っているのだろう。

後者である場合、サイラルの能力は俺を遥《はる》かに上回《うわまわ》っている可能性が高い。

俺よりも広い範囲を、特定するだけの精度《せいど》を持《も》って探《さが》し当てることができるのだ。結界という能力も俺のものより汎用《はんよう》性がありそうだし、かなり手強《てごわ》くなるだろう。

だが、サイラルの見た目の年齢と今のレベル、そして切り捨《す》てるつもりだったはずのザグを未《いま》だに利用している状況を考慮《こうりよ》すると、そこまで奴《やつ》の能力は便利《べんり》とは思えないのだ。転生前の知識《ちしき》がもしあるならば、戦闘を数多くこなし、神の祝福《しゆくふく》……すなわちレベルを上《あ》げることが強さに、少なくとも身体能力については関係していることにすぐに気が付《つ》くはず。

能力が強力なら、もっと地力《じりき》を上げている方が自然な気がするのだ。だが、迷っている理由は後者ではない。前者の場合にどうするかだ。

「サイラルを撃つことは出来《でき》る。だけど、ゼムドがもし敵《てき》になったら」

「私はあのドワーフが外道《げどう》に与《くみ》するとは思えない」

クルスもこの三週間でゼムドの性格も掴《つか》んできているのだろう。

明るく実直《じっちょく》で卑怯《ひきょう》なことを嫌《きら》う誠実なドワーフ。だが、彼が自身《じしん》の理想を実現しようとしている組織《そしき》と板挟《いたばさ》みになったとき、果《は》たしてどんな選択《せんたく》を取るのか。

俺にはその彼の理想への想いの重《おも》さを推《お》し量《はか》ることが出来《でき》ない。

「俺もそうあって欲《ほ》しい。いや、今日までそう思ってた。自信がないんだ」

「信じられないの？」

失望させただろうかと思う。仲間を信じきれない俺に。

物語の主人公なら当たり前のように信じて、進《すす》んでいくのだろう。

だけど自分はこうだ。自分だけではなく、クルス、マイス、シーリア、そしてラキシスさんの命まで賭《か》かっている今の状況に怯《おび》えている。ただでさえ、俺は既《すで》に失敗しているのだ。

だが、彼女は不敵に笑《わら》っていた。

「ケイト。心配は要《い》らない。失敗しても私とマイスが助ける。信じるように選《えら》んでくれればそれでいい」

「失望させたと思ったんだけど」

「完璧《かんぺき》だと困《こま》る。安心した。後《あと》、私はどんなことがあっても味方」

そう言《い》って、クルスは微笑《ほほえ》んでいた。俺も少しだけ心が楽になる。今日ここに来たのも元気づけるためなのかもしれない。

「ありがとう。だけど、もしゼムドが敵《てき》に回ったら、ラキシスさんに任《まか》せるんだ」

「どうして？」

「今のクルスではゼムドに勝てない。彼は普段《ふだん》は手《て》を抜《ぬ》いているんだ」

　クルスは頷《うなず》く。俺も恐《おそ》らく勝てない。マイスも力負けしてしまう。勝ち目があるのはラキシスさんだけだ。俺達の仕事は彼女が力を発揮《はっき》できる状況を作ること。

　ゼムドが俺達に協力してくれるなら一番良いのだけれど。

　それより気になるのがクルスの能力だ。さっき久《ひさ》しぶりに確認《かくにん》したが、技術の欄《らん》にある『狂化』ってなんだろうか。見るからにやばそうな名前だが。

　俺だけが『呪い付き』として目立《めだ》っているが、クルスも多分『呪い付き』だ。

　彼女の特殊《とくしゅ》能力は自覚の出にくい能力だから誰《だれ》も気付《きづ》いていないだろうが。出来ればこのまま誰にも知られたくはない。クルス自身にもだ。

だけど、俺は首を横に振《ふ》って小さく笑《わら》った。

「ケイト。どうしたの？」

「隠《かく》し事《ごと》はしない。だったな」

今、この狭《せま》い部屋には二人しかいないのだ。念《ねん》のため盗《ぬす》み聞《き》かれていないか能力を使って確認する。この件《けん》だけは俺の口から漏《も》らす気はない。クルスの口から話すのなら別だが。

「クルス。多分クルスも俺と同じ『呪い付き』だ」

「そうなんだ」

「うーん、全然動揺《どうよう》してないね」

どうして今頃《いまごろ》といった感《かん》じに首を傾《かし》げた後《あと》、こくりとクルスは頷《うなず》く。

「そうだと思ってたし。夢の中のもう一人の私が不思議な力持《も》ってた」

「子供の頃に話していた怖《こわ》い夢？」

「そう。でも、ケイトとは少し違《ちが》う感《かん》じだからどうなのかな」

『呪い付き』としてのあり方も人によって違うということか。子供の頃のクルスは俺から文字を学《まな》んでいるときも、知っているのを隠している感じではなかったし。

「生まれる前の知《ち》識《しき》とかは無《な》い。ということかな」

「そんな便利《べんり》なのあれば、勉強苦労《くろう》しなかった。ケイト意地悪だし、頑張《がんば》ったんだから」

少し拗《す》ねた感じでクルスは横を向《む》く。子供っぽい仕草《しぐさ》に俺は笑った。彼女は彼女だ。俺にとってはそれでいい。

俺は安心して椅子《いす》の背もたれにもたれ掛《か》かり、こけそうになって慌《あわ》てて身体《からだ》を前に戻《もど》した。

「もう隠《かく》し事《ごと》はない。全部話した。これでいい？」

「よろしい」

くすくすと笑いながらクルスが立《た》ち上《あ》がり、扉《とびら》から出ようとして振《ふ》り返《かえ》る。

「ケイト。今日は一緒《いっしょ》に寝《ね》ていい？」

「良《よ》くない。さっさと寝ろ！」

明《あき》らかにからかっている口調《くちょう》と顔だったので、怒鳴《どな》るように言《い》い返す。年を追う事に彼女は手強《てごわ》くなっている気がする。

クルスはふふっ……とおかしそうに笑うと、

「自分のとマイスの弓の調整もしないといけないし、今日は我慢《がまん》する。おやすみ」

と、そう言《い》い残《のこ》して去《さ》っていった。

俺は「はあ」と一つ溜息《ためいき》を吐《つ》くと、机《つくえ》に置《お》いていたサイラルの能力の仮説が書かれた書類を掴《つか》み、ベッドに横になった。

決着《けっちゃく》をつける日は近い。本当に俺達を放置《ほうち》して逃《に》げてくれればどれだけいいか……そんな風《ふう》に思いながら俺は遅《おそ》くまで書類を読み耽《ふけ》っていた。

翌朝、早めに眼が醒《さ》めた俺は今日の迷宮探索《めいきゅうたんさく》の準備をさっさと終《お》えて、椅子《いす》に座《すわ》ってテーブルに肘《ひじ》を付《つ》き、客間《きゃくま》の窓《まど》からぼーっと外を眺《なが》めていた。

天気は良いが第一市街の門が開いていない時間のため、窓から見える道に人通《ひとどお》りはまだない。小鳥の囀《さえず》る声《こえ》だけが外から聞《き》こえている。

遅くに寝《ね》たはずなのに、早く起きたのはやはり緊張《きんちょう》しているからだろうか。

落《お》ち着《つ》かない。落ち着こうと深呼吸《しんこきゅう》を繰《く》り返《かえ》しても焦燥感《しょうそうかん》が消《き》えない。

「ふわぁ……、今日は早いね。ケイト」

「うん？　ああ、シーリア。おはよう」

いつのまにか寝間着姿《ねまきすがた》のシーリアが眠《ねむ》そうな笑顔を浮《う》かべて後《うし》ろに立《た》っていた。腕《うで》を上《あ》げて欠伸《あくび》をしているが、その姿を見てすぐに顔を背《そむ》ける。

彼女は出るところは出て、引《ひ》っ込《こ》むところは引っ込んでいる魅力的な体型なのに驚《おどろ》くほど無防備だ。女性二人で暮《く》

らしてきたからだろうか。薄着《うすぎ》で腕を上げると目のやり場に困《こま》る。

「まだ眠《ねむ》たそうだね」

「うう。朝は苦手《にがて》なのよ。でも早起きはしないと……」

寝癖が付《つ》きやすい髪《かみ》なのか、長い銀色の髪の毛があちこち跳《は》ねている。長いふさふさな尻尾《しっぽ》にも寝癖《ねぐせ》が付いているのか、普段《ふだん》と違《ちが》って長さが整《ととの》っていない。いつもは起きる頃《ころ》には整えていることを考えると、俺達に気を使って手入《てい》れしているのかもしれない。

そのままふらふらと台所の方に歩いていき、二人分の果実水を作り、俺の隣《となり》の椅子《いす》に腰《こし》を下《お》ろす。囮《おとり》として一番の標的になっているはずの彼女は全《まった》く緊張しているようには見受《みう》けられない。大物《おおもの》だな……と思う。

「シーリア。昨日は眠れた？」

「うん。ぐっすり眠れたけど？」

何《なん》で？　と不思議そうにシーリアは首を傾《かし》げる。そんな彼女を見ていると、緊張しているのが馬鹿《ばか》らしくなってきて、少しだけ笑《わら》ってしまった。

「何《なに》かおかしい？」

「まあ寝癖《ねぐせ》いっぱいなのはおかしいけどね」

「起きたらこうなってるのよ。知っているでしょ」

「久《ひさ》しぶりだからね。でも、可愛《かわい》いと思うよ」

　ふん、と恥《は》ずかしそうに顔を背《そむ》けるが不機嫌《ふきげん》そうではなさそうだ。

「俺はあんまり眠《ねむ》れなかった。今も緊張《きんちょう》してる。シーリアは凄《すご》いな」

「私も眠れないと思ってたけど、ラキシス様が来てくれるし、ケイトが考えてくれてるから……その……安心しちゃったのよ。何時《いつ》も通《どお》り頑張《がんば》ればなんとかなるって。わ、悪い？」

　顔を赤《あか》らめて恥ずかしそうに上目遣《うわめづか》いで見つめてくる彼女に、俺は首を横に振《ふ》った。変に緊張するよりはきっといいことなんだろう。後《あと》は期待《きたい》に応《こた》えないと。

「いや。頼《たの》もしいよ。今回はシーリアが要《かなめ》になるから。頼《たよ》らせてもらう」

「ふふ、頼ってくれていいわよ」

　ぴこぴこ耳を動《うご》かしながら、飲み物に口を付《つ》けシーリアは嬉《うれ》しそうに笑《わら》う。彼女が要と言《い》ったのは嘘《うそ》ではない。実際に彼女が中心になる可能性が高《たか》い。

「ところでケイト。作戦とか決まっているの？」

　真剣な表情《ひょうじょう》でシーリアが俺の方を見る。マイスにも説明しなければならないが、シーリアと彼は役目が異なる。個別に話した方がいいかもしれない。

　俺は彼女に頷《うなず》き、説明することにした。

「まず、俺の能力については覚《おぼ》えているかな？」

「うん。能力を数字で見られるとか便利《べんり》なあれね？」

「そうそう。今回はそれを利用する。昨日、護衛《ごえい》の人が殺された時には俺の探知《たんち》にサイラルは引《ひ》っ掛《か》かっていたんだ」

「そうなんだ。あ、そうか。あの驚《おどろ》いたとき？」

昨日のことを思い出《だ》したのかシーリアがこちらを向《む》いて確認《かくにん》してくる。

「そう。つまり、気付《きづ》かれずに近付《ちかづ》けるあいつの能力は俺には通《つう》じない」

「なるほどなるほど」

「だから弓を使う。俺、クルス、マイスの三人は弓が使えるからね。長い通路なら一方的に攻撃が出来《でき》るはず。これが作戦の第一段階目」

迷宮《めいきゅう》だと狭《せま》い場所が多く、視界も良《よ》くないために能力を隠《かく》す必要のある普段《ふだん》は使うことは出来《でき》ないが、相手の居場所が探知出来る自分にとって、本当は弓ほど有利な武器もない。

「ケイトって弓使えるんだ」

「猟《りよう》をしていたからね。問題はこれが通じなかった場合。魔法の結界の中には、物理攻撃を防《ふせ》ぐ結界もあるらしいから……弓で倒《たお》せなかった時どうするかが第二段階目」

木製のコップを両手で包《つつ》みながらシーリアは真剣に聞《き》いている。彼女から眠《ねむ》たそうな雰囲《ふんい》気《き》は消えていた。

「私はその場合に魔法を使えばいいのね」

「そう。重要なのはここからなんだけど」

昨日の夜《よる》、ラキシスさんが結界について調べてくれた書類を見ながら考えた作戦。

結界には様々《さまざま》な種類がある。探知のためのものだったり、物理攻撃を防《ふせ》いだり、魔法を防いだり……だが、儀式《ぎしき》結界も個人結界も能力の強弱はあっても基本的に一つの効力しか持《も》たせることが出来ないらしいのだ。

複数の効果を持たせる場合には魔法を重《かさ》ねて掛《か》ける必要がある。この場合には先に掛かっている結界と整合性を取らなくてはならず、魔法の難《むずか》しさが段違《だんちが》いに上《あ》がるらしい。

ひょっとしたら、一つの魔法で複数の効果を持つ高度な魔法もあるのかもしれないが。

色んな仮説を立《た》てておけば、相手の反応を見ながら闘《たたか》うこともできる。とにかく、いろいろな攻撃手段を考えておくに越《こ》したことはない。

「魔力を使えないようにする結界とかもあるみたいだけど、どんな場合でも慌《あわ》てずにずっと魔法を……相手が倒れるまで撃《う》ち続《つづ》けられるようにして欲《ほ》しいんだ」

「ふぅん……」

シーリアは暫《しばら》く俯《うつむ》いて考え込《こ》んでいたが、パッと顔を上げると微笑《ほほえ》んで言《い》った。

「ようするに、何時《いつ》も通《どお》りってことね！」

「そういうこと。頼《たの》むよ」

彼女は俺の隣《となり》で楽しそうに笑《わら》うと、任《まか》せなさいと他《ほか》の女性陣に比《くら》べると豊《ゆた》かな胸《むね》を叩《たた》いた。

薄《うす》い服でそういうことはしないで欲しいものである。目のやり場に困《こま》るから。

話《はな》し込んでいたシーリアが着替《きが》えと身嗜《みだしな》みの準備に向う頃《ころ》には俺の緊張《きんちょう》はすっかり溶《と》けていた。話すことで少しは頭を整理することが出来《でき》たのも大きい。

全員の準備が終わると客間《きやま》で最後の打《う》ち合《あ》わせを行う。マイスもクルスから全部話を聞《き》いたのか神妙な顔付《つ》きをしていた。

俺もマイスも多分シーリアも、人を殺したことがないのだから仕方無《しかたな》いのかもしれない。

クルスも……村で悩《なや》んだに違《ちが》いない。案外優《やさ》しいから。

手筈《てはず》としてはまず、ラキシスさんが俺達の位置《いち》を確認《かくにん》するための道具を持《も》って迷宮《めいきゅう》へと潜《もぐ》る。そして、俺達の少し先を歩いてもらう。

今日、歩くルートは俺が作った迷宮《めいきゅう》の地図で確認しているため、離《はな》れすぎたりすることはないだろう。最終的に合流する地点も決めている。問題は先に入《はい》るラキシスさんを見て、勘《かん》付《づ》かれるかだが……これは彼女が魔法で何《なん》とか出来るらしい。

初《はじ》めから一緒《いっしょ》に歩かないのはゼムドを警戒《けいかい》させないためだ。合流予定地点で彼を説得《せっとく》し、無理なら合流してそこで取り押《お》さえ、サイラルを迎撃《げいげき》する。

「これ以上は思いつかなかったよ。もう少し安全な作戦があればよかったんだけど」

紙に書いた迷宮《めいきゅう》の地図を広げながら、俺は頭を掻《か》いた。

「甘《あま》いわね。ケイト君。だけど、貴方《あなた》の気持ちはわかるわ」

甘いか。そうかもしれない。犠牲《ぎせい》が出ても構《かま》わないなら他《ほか》に幾《いく》つも作戦は思い付《つ》いた。だが、俺はまだ彼を信じているし、無関係《むかんけい》な者を巻《ま》き込《こ》みたくもない。

ラキシスさんはクスッと小さく笑《わら》うと、先に迷宮に向《む》かうために立《た》ち上《あ》がった。

普段着《ふだんぎ》の彼女は落《お》ち着《つ》いた雰囲気《ふんいき》と美しさ、上品な仕草《しぐさ》も相《あい》まってまるで貴婦人のように見えるほど似合《にあ》っていたが、今の革製の鎧《よろい》に武器を持《も》った姿《すがた》はそれ以上に似合っている。所作《しょさ》には一部の無駄もなく、流石《さすが》一流の冒険者、と

いったところか。

「うーん、格好いいな」

「すぐ追いつく」

マイスが感嘆《かんたん》の声《こえ》を上げ、クルスが対向心をむき出《だ》しにしているかのようにぼそっと呟《つぶや》く。

シーリアはなんだか嬉《うれ》しそうだ。

これが彼女の尊敬《そんけい》するラキシスさんの姿なんだろう。

「ラキシスさん、相手が気付《きづ》かれないように狙《ねら》ってきたら大丈夫ですか？」

「大丈夫よ。常時《じょうじ》、複数の種類の精霊に警戒させておくから。見えなくても場所がわかれば、逃《に》げられないように隙間《すきま》なく魔法で潰《つぶ》してしまえばいいのよ」

彼女はそう言《い》って不敵に笑う。俺は心底《しんそこ》、敵《てき》でなくてよかったと思いつつ、彼女の背中を見送《みおく》った。

ラキシスさんが出かけてから数十分後、ゼムドは普段通《ふだんどお》りの時間にラキシスさんの家に現《あらわ》れ、俺達に声《こえ》を掛《か》けてきた。彼は普段より重装備の俺達に驚《おどろ》いていたが、弓を試《ため》してみたいからと説明すると、そうか、と深く追求はしなかった。

随分《ずいぶん》とやつれた表情《かお》だ。

「行《い》こうか。今日も稼《かせ》ぎに」

何事《なにごと》も無《な》いように……そう祈《いの》りながら、俺は全員に向かってそう声を掛けた。

探知《たんち》の能力を発動させていても何か特別に疲《つか》れるということはない。

ただ、見えないはずの遠《とお》くの生《い》き物《もの》の数字が見えてしまうため、戦闘中などには視界の邪魔《じゃま》になる。デメリットはそれくらいだ。

ひょっとしたら、自分にもわからない何かが無くなっているのかもしれないが。

特殊《とくしゅ》能力というものを考えるとき、参考になる例が少ないために相手の能力の性質《せいしつ》を予測《よそく》するのが難《むずか》しい。クルスの能力は本人すら解《わか》りにくい代物《しろもの》だし。

迷宮《めいきゅう》に入《はい》る前、迷宮の入口がある荘厳《そうごん》な建物を潜《もぐ》った時点で探知の能力を発動させる。能力を発動させながら迷宮の入口まで歩き……周囲《しゅうい》を観察《かんさつ》する。

遠くの壁際《かべぎわ》にサイラルがいた。周《まわ》りには数人の男。気付《きづ》かれないよう一瞬だけ視線《しせん》を向《む》けたが視覚には壁しか映《うつ》っていない。

（今日は俺達をからかう気はなさそうだ）

ふぅ……と、息を吐《は》く。そんな俺をゼムドが訝《いぶか》しげに見た。

「ケイト殿。どうかしたかの？」

「いや、なんでもない。行こう」

笑《わら》う余裕《よゆう》も無《な》く、全員に出発を促《うなが》す。先頭はマイスとクルス、真ん中にシーリア、後《うし》ろに俺とゼムド。

クルスが加入してからの俺達の並び方だ。攻撃が得意な二人を前に置《お》き、援護《えんご》の方が得意な俺が後《うし》ろを固《かた》める。

ゼムドが後ろなのは彼の実力が俺達には不釣《ふつ》り合《あ》いなほどに高《たか》いため、前の二人に経験を積《つ》んでもらおうと考えたからだ。当初の理由は。ゼムドが魔法を使えるという理由もある。もっとも、彼が魔法を使っているのは見たことがないが。

前を歩くマイスとクルスにも、今日歩くルートはしっかりと説明してある。間違《まちが》えそうなときには俺がさり気《げ》なく指摘《してき》し、歩く道を修正していく。

何時《いつ》も通《どお》り順調に下の階層を目指して迷宮《めいきゅう》を潜《もぐ》っていく。今日ほど目的の場所に着《つ》かないで欲《ほ》しいと思いながら進《すす》んでいることはないが……。

地下二階に降《お》り、地下三階へと降りていく。探知にはまだ反応はない。だが、地上にいた以上、サイラルが来る可能性は高い。

マイスやクルス、シーリアにも伝《つた》わっているのか口数が少ない。迷宮探索《たんさく》は順調なのに、今までにない緊張感《きんちょう》が俺達の間《あいだ》に流《なが》れていた。

「ふむ。皆《みな》、変じゃの。何《なに》かあったか？」

ゼムドは狭《せま》い通路上の道で立《た》ち止《と》まると、長い髭《ひげ》を触《さわ》りながら顔をしかめ、怪《あや》しむように俺達を見回《みまわ》す。普段《ふだん》はうるさいくらい明るいマイスまで黙《だま》り込《こ》んでいるため、不審《ふしん》に思ったのだろう。

ラキシスさんとの合流地点はもう少し先だ。他《ほか》の三人の視線《しせん》はこちらに集《あつ》まる。不安そうだったり、苦笑《にがわら》いしながらだったり、普段通《どお》りだったり、その表情《ひょうじょう》は異《こと》なるが。

今の地形は曲がり角《かど》が近くて弓の射程《しゃてい》を生かしにくい。

「ま、歩きながら話そう。ゼムド」

「ふむ」

他の皆が頷《うなず》き、先に進み始《はじ》める。ゼムドも不承不承《ふしょうぶしょう》といった雰囲気《ふんいき》だが、一緒《いっしょ》に歩き始《はじ》めた。せめてあと少し。出《で》来《き》れば合流するところまでは……。

「以前、俺の故郷《こきょう》が襲《おそ》われた話《はなし》は覚《おぼ》えてる？」

「うむ。クルス殿が話していた件《けん》かの」

ゼムドは何度も何度も髭を触《さわ》りながら、ううむと唸《うな》る。

「『呪い付き』だと考えられていた。そう言《い》ってたよね」

「そうじゃな」

歩きながら時間を稼《かせ》ぐように意識《いしき》してゆっくりと話す。ゼムドを裏切《うらぎ》っているようで胸《むね》が痛《いた》む。俺は彼を今、全《まった》く信じていない。

「まあ、それはどうでもよかったんだ。あの時、ゼムドがいる時に話したように、本来、俺がもう一度襲われる可能性は少ない。特別な事情《じじょう》がなければ」

「特別な事情じゃと？」

ゼムドは警戒《けいかい》するように、俺を窺《うかが》う。

俺は目を逸《そ》らさずに彼を見詰《みつ》め返《かえ》す。既《すで》にラキシスさんは俺の探知《たんち》の範囲《はんい》に入《はい》っている。立ち止まって話をしていれば、すぐに来てくれるだろう。

ある程度《ていど》曲がり角《かど》から距離《きょり》を取ったところで、数ヶ月続《つづ》けてきた一つの関係を終わらせる覚悟《かくご》を決める。

ゼムドが今回の件《けん》に関《かか》わっていなくても、彼とはもう旅をすることはできないだろう。俺は足を止めると、ゼムドしか知らないはずの情報を流《なが》す。

「サイラルはゼムドと同じ組織《そしき》『リブレイス』のメンバーだ」

「なっ！」

ゼムドが驚《おどろ》きの声《こえ》を上《あ》げる。何故《なぜ》それを知っているのか。といったところか。確証《かくしょう》までは取ることができなかったがこの反応なら間違《まちが》いはないようだ。

「サイラルが危険を冒《おか》してまで俺達を『からかい』に来たのも俺やシーリアを嗤《わら》うためではなく、ゼムド。貴方《あなた》に覚悟《かくご》を迫《せま》るためだ」

こんなことは言《い》いたくない。そう思いつつも、歯を食いしばって続ける。

「友人が解決した異種族絡《いしゅぞくがら》みの事件に『呪い付き』が関《かか》わっていてね。元々友人は『リブレイス』を疑《うたが》っていた。後《あと》は言わなくともわかるんじゃないか？」

「なるほどの。喋《しゃべ》りすぎたかのぉ」

ゼムドは肩《かた》を竦《すく》め苦虫《にがむし》を潰《つぶ》したような表情《かお》になる。

「昨日まではそれでもゼムドを信じていたんだ」

「甘《あま》いの。本当に驚いたわい。どこまで知っておる？」

苦笑《にがわら》いしてゼムドはぽんぽんと、鉄棍《てっこん》で自分の肩を叩《たた》いた。

彼の笑《え》みはいつものように愛嬌《あいきょう》がある笑みではない。どこか疲《つか》れたような……全《すべ》てを諦《あきら》めているような……そんな表情《ひょうじょう》に思えた。

俺達が話《はなし》をしている間《あいだ》に、クルスとマイスが俺を何時《いつ》でも護《まも》れるように近付《ちかづ》いて警戒《けいかい》している。ゼムドの話をしていなかったシーリアだけは、話がわからないのか慌《あわ》てながら杖《つえ》を構《かま》えていた。

「大体は調べてもらったよ。シーリアが襲《おそ》われた事件が起きた頃《ころ》に、サイラルの関係者を中心に異種族《いしゅぞく》の誘拐《ゆうかい》事件が多発したこととか。その関係者が一つの組織《そしき》。いや、その尻尾《しっぽ》の部分になっていることとか。いつでも切《き》り捨《す》てられるように」

そこまで話《はなし》して周囲《しゅうい》を警戒する。まだ、サイラルの反応はない。

ラキシスさんはこちらに近付いている。予定通《どお》りだ。

「ふぅ。ケイト殿は十五歳じゃったか……本当に末恐《すえおそ》ろしい小僧《こぞう》じゃの。拙僧《せつそう》の見る目もなかなか捨てたものではなさそうじゃ」

「何言《なにい》ってるのよ。ゼムド！　どういうことよ！」

シーリアが泣きそうな顔でゼムドを睨《にら》む。からかわれたりもしていたが、恐《おそ》らくゼムドを一番信用していたのは彼女だろうと思う。初《はじ》めての冒険の時、彼に助けられているから。

だが、彼がサイラルと仲間だったとすればゼムドがやったことは、自作自演だった。そういうことになるのではないか。

頭の良《よ》い彼女なら俺達の話から大体の事は想像《そうぞう》できているだろう。

「すまんの。姫《ひめ》の思っておる通《とお》りじゃ。ケイト殿の推測《すいそく》は概《おおむ》ね正《ただ》しい」

「な……そんな……」

ゼムドはシーリアの方を向《む》いて頭を下《さ》げる。彼女は怒《いか》りよりも哀《かな》しみの表情を浮《う》かべて顔を伏《ふ》せた。彼女に説明しなかったことには理由はあるが、しておいた方がよかったのだろうか。心の準備をする意味でも。

「昨日、俺達の護衛《ごえい》がサイラルに殺されたのは、ゼムドが位置《いち》を確認《かくにん》するための道具を持《も》っていて、サイラルがそれを辿《たど》ってきたから」

「拙僧《せっそう》としても、あれは予想外での」

懐《ふところ》から淡《あわ》い光を放《はな》っている白い石を取り出《だ》すと、彼は地面に捨《す》てる。

予想はしていたのに実際にその証拠《しょうこ》を見せつけられ、胸《むね》の痛《いた》みは更に酷《ひど》くなる。どうしてこんなことになったのだろうか。俺は歯噛《はが》みして拳《こぶし》を握《にぎ》り締《し》める。

「ゼムド！　街から逃《に》げてくれないか？　すぐに。いや、今からでも遅《おそ》くない。サイラルを倒《たお》して、俺達と冒険を続《つづ》けよう。誘拐《ゆうかい》なんてやりたいわけじゃないんだろ！」

護衛達の仇《かたき》。けじめをつけなければという心と、仲間であり友人だったドワーフと戦いたくない思いが胸の内《うち》でせめぎ合《あ》っている。ゼムドが悩《なや》んでいたのは間違《まちが》いなくサイラル達の行為《こうい》が彼の本意でなかったからだ。俺は最後の可

能性を信じて血を吐《は》くような思いで叫《さけ》ぶ。

　だが、ゼムドは少し顔を伏《ふ》せ、顔を上《あ》げると俺を不出来《ふでき》な生徒を見るような優《やさ》しい目で見て、困《こま》ったように笑《わら》いながら首を横に振《ふ》った。

「甘《あま》いの。拙僧はもう手遅れじゃ。お主《ぬし》もわかっておろうに。まぁ、お主はそこがいいのかもしれんが」

「どうしても駄目《だめ》か」

「知られたからには戦うしかあるまい。遠慮《えんりょ》することはない。お主《ぬし》も一人前の戦士じゃろう。時には大切な者を守るために剣を振るわねばならぬ。そして、拙僧も己《おのれ》の理想のためにも退《ひ》くわけにはいかんのじゃ」

　静《しず》かにゼムドはそう告《つ》げると、彼は自身《じしん》の鉄棍《てっこん》を俺達に向《む》けて構《かま》える。マイスとクルスもすぐに剣を抜《ぬ》いてゼムドを牽制《けんせい》した。

　ゼムドには少しも動揺《どうよう》した様子《ようす》はない。彼の理想というのはそこまで重《おも》いのだろうか。外道《げどう》に与《くみ》してでも達成《たっせい》しなくてはならないほどに。異種族《いしゅぞく》の置《お》かれている状況は、そこまで悪いのか……俺はまだ何《なに》も知らないのだ。

「出来れば降伏《こうふく》して欲《ほ》しい。拙僧もお主らを殺したくはない。全員の身《み》の安全は拙僧が責任《せきにん》を持《も》って保証《ほしょう》する。特にケイト殿を連《つ》れて帰《かえ》るのは上からの命令でな。すまん」

　彼の返事を聞《き》き、先手必勝とばかりにクルスが切《き》りかかろうとしたその時だった。安心感を与《あた》える、鈴《すず》の鳴《な》るような綺麗《きれい》な声《こえ》が迷宮《めいきゅう》に響《ひび》いたのは。

「あら、勝手なことを言《い》ってもらっては困《こま》るわね」

ラキシスさんは小さな光の精霊を数匹自分の周《まわ》りに纏《まと》わせ、微笑《ほほえ》みながら迷宮の奥からゆっくりと歩いてきた。その右手には装飾の施《ほどこ》されたレイピアが握《にぎ》られている。

「ラキシス・ゲイルスタッド！」

「ケイト君は甘《あま》いけど、用心深《ようじんぶか》いのよ。降伏《こうふく》しなさい。ゼムド」

「任《まか》せます！」

俺は少しだけ走《はし》って二人から距離《きょり》を取り、背中の弓を取り出《だ》して構える。ついに探知《たんち》にサイラルが引《ひ》っ掛《か》かったのだ。俺の動《うご》きで察《さつ》した二人も剣を納《おさ》めて弓を構える。

暗闇の奥、恐《おそ》らくサイラルがいるであろう場所に俺は狙《ねら》いを付《つ》け弓を引き絞《しぼ》った。

（躊躇《ためら》わない！）

それまで持《も》っていた松明《たいまつ》は既《すで》に前方に捨《す》てている。

緊張《きんちょう》で指先を汗が流《なが》れるが、今回は初《はじ》めてゴブリンと戦

った時のように外《はず》すわけにはいかない。

（まだだ……まだ……）

曲がり角《かど》を曲がった瞬間を狙う。

ラキシスさんを牽制《けんせい》しながら、こちらを伺《うかが》っているゼムドの視線《しせん》を感《かん》じる。だが、俺達の行動の意味はすぐには理解出来《でき》ないだろう。

サイラルは後方に控《ひか》えているようだ。相手の姿《すがた》までは見えないため、正確には狙うことはできない。射線《しゃせん》が通《とお》っていることを祈《いの》るしかない。

もう周《まわ》りのことも考えられず、心音《しんおん》だけが響《ひび》いている。

ただ、無心《むしん》に祈る。

後《あと》少し……。

（今だっ！）

角《かど》を曲がり、通路《つうろ》にサイラル達が入《はい》った瞬間を狙い、限界まで引《ひ》き絞《しぼ》った矢を放《はな》つ。弦《げん》が軽《かる》い音を鳴《な》らし、三本の矢が暗闇の中に吸《す》い込《こ》まれるように飛《と》んだ。

「しまった。そういうことか！　サイラルっ！　弓じゃっ！」

「ぐぁっ！　ぎゃぁぁぁぁあ！」

弓を放つ時に、ようやく気付《きづ》いたゼムドが叫《さけ》ぶがもう遅《おそ》い。複数の叫び声《こえ》が迷宮《めいきゅう》に響きわたった。だが、本命のサイラルとの間《あいだ》には仲間がいたために矢は届《とど》いていない。

そのまま、次の矢も間《あいだ》を空《あ》けずに放つ。

二射目の後《あと》は悲鳴《ひめい》が響かなかった。俺は弓を捨《す》てて右手に剣を構《かま》え、左手には隠《かく》すように石を持つ。

探知《たんち》で相手を確認《かくにん》すると、誰《だれ》にも矢は命中していないらしい。この狭《せま》い道で回避《かいひ》したということはありえない。ならば、サイラルの能力の影響《えいきょう》だろう。

「マイス、クルス！　剣を。シーリア、行《い》けるか？」

「わかってる。私は大丈夫。何《なに》があっても私は負けないんだから！」

ゼムドが話した真実《しんじつ》を聞《き》きシーリアは動揺《どうよう》していたが、自棄《やけ》になったように叫ぶと自分を取り戻《もど》したのか目に生気が戻って杖《つえ》を構える。

「守られるんじゃなくて、私がケイトを守るんだから。絶対に……『炎の理』『風の理』『矢の理』……」

シーリアは杖を両手で持《も》って複雑に動《うご》かし、魔力を集《あつ》める。付《つ》け焼刃な俺の魔法とは明《あき》らかに違《ちが》う、迷宮《めいきゅう》を照《て》らすような魔力の強さだ。そして、サイラル達の姿が視認出来《でき》た瞬間、

「行《い》けっ！」

魔法を放つ。しかし、魔力で作られた炎の矢も彼等《かれら》に届《とど》く前に音も無《な》く消《き》え去《さ》ってしまった。サイラル達は余裕《よゆう》の表情《かお》で、俺達に向《む》かって歩いている。

「なっ！　魔法が消えた！」

「大丈夫。まだ予想通《どお》りだから。わかってるね？」

「えっ……あ！　うん。了解。任《まか》せて」

相手の方からは視線《しせん》を外《はず》さず、取乱《とみだ》しそうになったシーリアに小声《こごえ》で話し掛《か》ける。

相手はもう俺達の前に立《た》っている。人数は四人。七人中三人は先程《さきほど》の射撃《しゃげき》で動《うご》けない程度《ていど》の怪我《けが》を負《お》わせることに成功したようだ。

ここからが本当の勝負。

背が高《たか》い金髪の優男《やさおとこ》、サイラルは小馬鹿《こばか》にするような笑《え》みを浮《う》かべながら、抜《ぬ》き放《はな》ったサーベルを俺に向けて口を開《ひら》く。

「おやまぁ！『氷の魔女』までお出ましとは驚《おどろ》いたね。まあ美人だからいいけど」

ラキシスさんがいることに驚きながらも、サイラルは全《まった》く気負《きお》い無く馴《な》れ馴《な》れしく俺に話し掛ける。

「さてケイト君、ゼムドの様子《ようす》を見る限《かぎ》り、交渉は決裂《けつれつ》したようだけど降伏《こうふく》しないかい？　これは俺達の仲間になる最後のチャンスだよ！」

「村を襲撃《しゅうげき》した奴《やつ》の仲間になれって？　正気か？」

サイラルの隣《となり》にいる傷《きず》だらけな禿頭《とくとう》の戦士、ザグは俺を今にも殺さんがばかりに睨《にら》みつけている。だが、サイラルを無視《むし》してまでは襲《おそ》う気はないようだ。彼もサイラルを嫌《きら》っているようだが、恐怖《きょうふ》が勝《まさ》っているらしい。俺が付《つ》けた覚《おぼ》えのない傷の方が目立《めだ》っているのは恐《おそ》らく、何らかの制裁《せいさい》を受《う》けたからだろう。

決裂すればすぐに戦えるように彼は得物《えもの》である両手剣は抜《ぬ》いている。他《ほか》の男達はオーソドックスに片手剣と盾《たて》。実力は俺達よりも低い。ザグと同じくらいの強さの相手がいなくて良《よ》かったと心底《しんそこ》ほっとする。

サイラルは俺の馬鹿《ばか》にするような声色《こわいろ》の返答を聞《き》いても表情《ひょうじょう》は崩《くず》さない。

「別にあんな奴《やつ》ら仲間ではないだろ？　ケイト君。君は選《えら》ばれた人間だ」

「俺は別に特別じゃない。お前も」

剣を構《かま》えて警戒《けいかい》する。サイラルの相手をするのは俺だ。クルスやマイスには他の連中を相手にしてもらう。奴も用

心するように剣を構えながら、じりじりと俺との距離《きょり》を詰《つ》めていく。瞬間、ぞわりと背筋《せすじ》に冷たい感覚《かんかく》が流《なが》れた。やはりザグとは比《くら》べ物《もの》にならない……。

「本当にわからず屋だね。俺達選《えら》ばれた者達には、ゆっくりと休める居場所が必要なんだよ。君も俺達の仲間になれば直《じき》にわかる。俺達や異種族《いしゅぞく》の悲惨《ひさん》さが」

「お前達がやっていることも似たようなものじゃないか」

村を襲《おそ》い、人を拐《かどわ》かす。恨《うら》みを植《う》え付《つ》けて自分達の都合《つごう》のいいように誘導《ゆうどう》する。だが、サイラルは指摘《してき》を受《う》けても更《さら》に笑《え》みを深める。愉快《ゆかい》で仕方《しかた》がないといったように。

「尊《とうと》い犠《ぎ》牲《せい》というやつさ。俺達の国を作るためのね」

「ふざけたことを。犯罪で国が作れるか」

「わかっていないな。まあ、確《たし》かに仕事の給料として、美味《おい》しい思いも出来《でき》るんだが」

やれやれと、芝居《しばい》がかったように大袈裟《おおげさ》な手振《てぶ》りをしながら首を横に振《ふ》り、にたりと笑《わら》う。

しかし、冗談《じょうだん》めかしていてもその眼は笑っていない。

「少ない犠牲で多くの者が助かるんだ。合理的だろう？」

「本気か？」

「本気さ。俺もゼムドも。まあ、ゼムドは軍資金を調達《ちょうたつ》出来ずに降格されちゃったんだが」

初《はじ》めて笑《え》みを消《け》し、サイラルは落《お》ち着《つ》いた口調《くちょう》で言《い》った。

「これが最後だ。君は俺には勝てない。降伏《こうふく》しろ」

ふう。と、息を大きく吐《は》いて呼吸《こきゅう》を整《ととの》える。自分が次の言葉を発すれば、殺し合いをすることになる。だが、弱気にはなれない。俺は思いっきり息を吸《す》うとサイラルを睨《にら》みつけた。

「断《ことわ》るっ！」

「ふふ……残念だよ。俺はゼムドや君のような頑固《がんこ》者は嫌《きら》いではないのだけど。ゼムドっ！　魔法は使えない。ラキシスを殺せっ！」

サイラルの声で背後の二人の空気が変わる。ラキシスさんは接近戦もこなせるが、やはり得意なのは魔法だ。身体能力に差《さ》があるため、負けはしないだろうが急《いそ》がなくては。

俺は隠《かく》し持《も》っていた左手の石を、手首のスナップだけで顔を目掛《が》けて投《な》げつけるとそのまま距離《きょり》を詰《つ》め、相手の左手首を狙《ねら》って剣を迷《まよ》わず振《ふ》り切《き》る。

サイラルは石は右腕《うで》で弾《はじ》き飛《と》ばしたが、その後《あと》は左腕に迫《せま》る剣を回避《かいひ》しようともせずにそのまま腕で受ける。俺はサイラルの攻撃が来る前に飛び下《さ》がった。

そして、余裕《よゆう》の表情《かお》で俺を見る。

「わかったか。俺に勝てない……」

「シーリア！　魔法を使い続《つづ》けろっ！」

俺は後《うし》ろに向《む》けてわざとサイラルに気《き》付《づ》かれるよう叫《さけ》びながら、彼の言葉を全《まった》く気に留《と》めずに剣を横薙《よこな》ぎに振るう。

俺の予想が正《ただ》しければ。

がしぃっ！

鉄と鉄が打《う》ち合《あ》う音が迷宮《めいきゅう》に響《ひび》く。サイラルはサーベルで俺の剣を受《う》け流《なが》し、警戒《けいかい》するように距離を取った。奴《やつ》の顔は腑《ふ》に落《お》ちない……といった感《かん》じか。

俺は内心冷や汗を掻《か》きながらもそれを見せないよう、余《よ》裕《ゆう》があるかのようにサイラルに笑《わら》いかける。どうやら、彼の能力は予測《よそく》の範囲《はんい》内らしい。それなら勝負になる！

「忘《わす》れてないか？　『呪い付き』はお前だけじゃない」

「まさかあの弓も偶然《ぐうぜん》じゃなく……何故《なぜ》だ。俺は一度も『能力』を見せていないはず」

「さてね。素直《すなお》に言《い》うと思うか？」

化《ば》かし合いだ。さっきの攻撃ではっきりとした。サイラルのやり方は、相手に自分には攻撃が効《き》かないと思い込《こ》ませ、選択肢《せんたくし》を奪《うば》う……『結界』という能力をそう生かしているのだろう。そのための余裕そうな態度《たいど》。心理攻撃。

何《なに》も知らなければ引《ひ》っ掛《か》かっているだろうが生憎《あいにく》俺には通《つう》じない。

しかし、正直いって分《ぶ》は悪い。俺の能力は相手のことがわかるだけ。特別に戦闘の役に立《た》つわけではない。時間も掛《か》けるわけにもいかない。

ザグを相手に互角《ごかく》の戦いを行《おこな》っているマイスや、二人を同時に相手取っているクルスの援護《えんご》にも行きたい。

(あいつらを信じろ)

だが、それを振《ふ》り切《き》って相手に集中する。

ただでさえ相手の方が強いのだから。他《ほか》を気にする余裕は無《な》い。

まずは、姿《すがた》を消す能力と魔法を使えなくするという能力、相手の攻撃を受ける能力が、共《きょう》存出来《ぞんでき》ないことは確認《かくにん》できた。それと現在の戦いっぷりを見る限《かぎ》り、他の仲間……ザグ達には攻撃を無効化する能力は与《あた》えられないらしい。

先程《さきほど》の弓は能力で他の仲間の分まで防《ふせ》いだはず。魔法の無力化を重視《じゅうし》しているからか、他に理由があるのか。

「ゼムドが？　いや、ないな。あいつはそんな性格はしていない。どういうことだ？」

「余裕がないな。サイラル。俺の見た目の年齢に惑《まど》わされたか？」

相手の能力がわからなくても俺は焦《あせ》らない。何通《なんとお》りも検討《けんとう》し、それぞれの場合に従《したが》った攻略法を考えてあるからだ。だが、サイラルは違《ちが》う。

俺の能力がわからない上に、自分の能力が把握《はあく》されていると考えている。これは、初《はじ》めての体験のはずだ。もし、俺と同じ能力の者が仲間にいないのなら、相当焦っているのではないかと思う。

サイラルに対して心理的に優位《ゆうい》に立《た》たなくては俺の勝機《しょうき》はない。ザグと変わらない程度《ていど》の強さの俺とサイラルでは地力《じりき》に圧倒的な差《さ》があるのだ。

もっと冷静《れいせい》さを失《うしな》わせ、相手がミスするように誘《さそ》わなければ。

「『氷の魔女』が出張《でば》ってきたり、俺の『結界』がばれていたり、予想外のことばかりだよ。本当に君は恐《おそ》ろしいね。だけどさあー俺と同じ出身なのに人殺しに忌避感《きひかん》はないのかい？」

重《おも》い動《うご》きで剣を構《かま》え直《なお》しながら、強《こわ》ばった笑《え》みをサイラルは俺に向《む》ける。彼なりの揺《ゆ》さぶりだろう。それも想定済《ず》みだ。

「ないな」

今の俺の故郷《こきょう》は平和だったあの国ではない。生きることが命懸《いのちが》けの世界であり、いろんな人が助けてくれたクルト村だ。

俺は微笑《ほほえ》みながらあっさりと、その揺さぶりを切《き》り捨《す》てた。

剣をお互《たが》いに構え、間合《まあ》いをじりじりと詰《つ》めながら相手と睨《にら》み合う。軽装の俺とは違い、サイラルは鎖帷子《くさりかたびら》の上から部分的に鉄製の鎧《よろい》を身《み》に付《つ》けている。

能力だけではなく、装備の上でもサイラルの方が有利だ。だが、俺は少しずつ前に出て、奴《やつ》は後《うし》ろに下《さ》がっている。

『結界』という能力を考えればその理由は明《あき》らかだ。普《ふ》段《だん》の戦いではサイラルは自分の命を賭《か》けず、安全なところに身を置《お》いて戦う事《こと》が出来《でき》る。しかし今、奴《やつ》はその安全な立ち位置《いち》から叩《たた》き出《だ》されたのだ。

命懸《いのちが》けの戦いの経験が果《は》たしてサイラルにはあるのだろうか。

「は……ははっ！　参《まい》ったねこれは。流石《さすが》はあの狐野郎の親友様だ。性格が悪《わる》いぜ」

サイラルに余裕《よゆう》がないのは暗《くら》くても解《わか》る。だが、彼に逃《に》げるつもりはないようだ。奴の話《はなし》には耳を貸《か》さず、一気に切り込《こ》む。

頭部と腕《うで》以外は殆《ほとん》どが鎖帷子《くさりかたびら》と鎧《よろい》で覆《おお》われているため、狙《ねら》える場所は少ない。

フェイントを交《まじ》えながら、薄《うす》い箇所《かしょ》を狙っていく。だが、サイラルはフェイントには掛《か》からず、冷静《れいせい》にサーベルで俺の本命の斬撃《ざんげき》を受《う》け流《なが》し、反撃してくる。

俺の場合は相手の一撃《いちげき》が致命傷になりかねないため、攻撃は余裕を持《も》って回避《かいひ》し、あるいは剣で受け止《と》めながら攻防を続《つづ》けていく。一つの判断ミスも許《ゆる》されない。

緊張《きんちょう》で汗が流《なが》れ、普段の戦闘よりも遥《はる》かに早く疲労《ひろう》が溜《た》まっていく。

何度か剣を合《あわ》せ、俺はわざと隙《すき》を見せて相手の横薙《よこな》ぎの斬撃を誘《さそ》うと、後《うし》ろに飛《と》び下がりながら、相手からは見えないように自然な動作《どうさ》で、腰《こし》の袋《ふくろ》から石を取り出し左手に持った。

「本当に難易度《なんいど》の高《たか》いイベントだね。ま、余裕《よゆう》でこなせるけど。俺は特別だし？」

サイラルは戦いながら余裕を取《と》り戻《もど》してきたのか、気楽な調子で口を歪《ゆが》めて笑《わら》う。

まるで苦戦《くせん》しているのを楽しんでいるかのように。

剣を交えて自分の方が上であることを確信《かくしん》したのかもしれない。確《たし》かに剣技の差《さ》はあっても身体能力では格段《かくだん》に劣《おと》っている。

（ならば、他《ほか》の技術で補《おぎな》う！）

サイラルが使えるのは剣だけだが、俺には体術も投石も魔法もあるのだから。ゼムドから俺のことを聞《き》いていたとしても、どの程度《ていど》の習熟度《しゅうじゅくど》なのかはわからないだろう。相手と自分の技能の差を具体的に見られるのが俺の『能力』の便利《べんり》な点だ。

ただ、奴《やつ》の余裕は気になる。油断《ゆだん》しているのか、他にも能力の使い方があるのか。歯を食いしばって恐怖心《きょうふしん》を必死《ひっし》に堪《こら》えながら、石を持《も》つ左手に力を込《こ》めた。

「この世界で生きるのは遊びじゃないんだ」

俺は間合《まあ》いを詰《つ》めながら石を顔に近距離《きょり》から投擲《とうてき》する。一瞬、奴の顔は歪《ゆが》んだが、一度見たこともあり、簡単に左手で石を受《う》け止《と》めた。

そこまでは予想済《ず》みだ。狙《ねら》いは右腕《うで》！

剣を両手持ちに切《き》り替《か》えて全力で踏《ふ》み込《こ》み、剣を振《ふ》り下《お》ろす。

がしぃっ！

狙い通《どお》り、右腕に確《たし》かに命中した。

にも関《かか》わらずサイラルの腕は切断《せつだん》されるどころか怪我《けが》一つ存在《そんざい》しなかった。石を斬《き》り付《つ》けたかのような衝撃《しょうげき》に、思わず俺は後《うし》ろに飛《と》び下《さ》がる。

だが、全力で踏み込んだことで出来《でき》た隙《すき》をサイラルは逃《のが》さず、強引《ごういん》に斜《なな》め上からサーベルを振《ふ》り下《お》ろした。

回避《かいひ》しきれずに肩《かた》に鋭《するど》い痛《いた》みが走《はし》る。

だが、それを確認《かくにん》する暇《ひま》も無《な》く、サイラルは顔を愉悦《ゆえつ》で歪めながら右、左と連続で斬りかかってきた。

その連撃《れんげき》を後ろに下がり、剣を盾《たて》にして防《ふせ》ぎながらしば

らく耐《た》え、態勢《たいせい》を立《た》て直《なお》したところで逆に俺は一歩左足を踏み込み、下腹《したばら》を狙《ねら》って左拳《ひだりこぶし》を振り抜《ぬ》く。

拳に鈍《にぶ》い痛みが走ったが衝撃《しょうげき》は届《とど》いたのか、サイラルはぐっ！　と呻《うめ》いて俺との距離《きょり》を空《あ》けた。

鎖《くさり》で切《き》れてしまったのか、血が流《なが》れている左拳を見ながら眉《まゆ》をひそめる。

傷《きず》が痛んだからではない。肩の傷の方は出血はあるようだが、かすり傷のようで腕を動《うご》かすには問題はない。左拳も痛むものの骨は折《お》れていない。

（攻撃が通《つう》じた？　さっきとの差《さ》は？）

「ケイトっ！　剣が当たった一瞬だけ魔力が集《あつ》まったわ！　5秒もあれば魔法は飛ばせるからっ！」

シーリアが杖《つえ》を掲《かか》げながら叫《さけ》ぶ。彼女の言葉で奴《やつ》の『能力』のカラクリを理解していた。おそらくは、斬《き》られる瞬間に、『結界』を切り替《か》えて攻撃を防いでいたのだろう。

「わかったかい？　ばれたって関係ないのさ」

もう勝利を確信《かくしん》したかのようにサイラルは舌舐《したな》めずりし、シーリアの方を見る。俺はもう敵《てき》ではないといった風《ふう》に。

乱《みだ》れている呼吸《こきゅう》を整《ととの》える。大丈夫。俺の心は折《お》れていない。

右手で剣を構《かま》え直《なお》し、余裕《よゆう》ありげに石をこれみよがしに左手でお手玉するように投《な》げる。

俺のそんな仕草《しぐさ》を見て、サイラルは心底嫌《しんそこいや》そうに顔を歪《ゆが》めた。

「まだ諦《あきら》めてないのかい。しつこいな」

「手品《てじな》のタネがわかれば、対処《たいしょ》はそう難《むずか》しくないんだよ？」

切り替《か》えが一瞬で出来《でき》るなら、楯《たて》を使うように一瞬だけ物理攻撃を防ぎ、すぐに魔力を封《ふう》じることも出来る。予想以上に不利だ。

だが、弱気は見せない。俺が負ければシーリアに対抗《たいこう》する術はない。他《ほか》のみんなも不利になるのだ。

（それにまだ手はある。無茶は……しょうがないな）

俺は転《ころ》がっている二本の松明《たいまつ》に目を一瞬だけ向《む》けると、覚悟《かくご》を決めた。大きく息を吸《す》い込《こ》む。今は相手も警戒《けいかい》しているだろう。

相手が油断《ゆだん》する隙《すき》を窺《うかが》う。

「強《つよ》がりを言《い》うな。俺とお前じゃこの世界で生きてきた時間が違《ちが》う。実力もな」

「その割には剣技《けんぎ》は大《たい》したことないな。サボってたのか？」

にっ……と、笑い、サイラルと剣を合《あ》わせる。剣で薙《な》ぎ、突《つ》き、振《ふ》るう。思い切《き》って前に出ることはせず、お茶を濁《にご》すように負けないことを意識《いしき》しながら、わざと焦《じ》らすように。

気が付《つ》くと、他の仲間達が剣を合わせる音は遠《とお》くなっている。

奴《やつ》も気になっているのか、周《まわ》りを気にするように周囲《しゅうい》を確認《かくにん》すると、一度距離《きょり》を取ってサーベルを構え直した。

「ふふ……ケイト君。長引《ながび》かせると俺の仲間が来るぞ？」

「馬鹿《ばか》なことを。クルスとマイス、それにラキシスさんが負けるわけないだろ」

仲間が来ることを信じるのと同時に焦《あせ》りもある。これは俺もサイラルも共通の焦りだろう。サイラルの能力は一対二だと生《い》かし切れないはずだ。

俺も複数人数になれば対処《たいしょ》のしようはない。

「時間を掛《か》けるわけにはいかないか。使えない奴ばかりだからな」

サイラルが疲《つか》れの篭《こも》った声《こえ》で呟《つぶや》き、表情《ひょうじょう》を引《ひ》き締《し》める。

俺は立《た》ち位置《いち》を確認し、勝負を掛《か》けるべく、半身《はんみ》で相手と向かい合った。

サイラルが俺の方に踏《ふ》み込《こ》んだのと同時に、石を投《な》げる。三度目だ。動揺《どうよう》すらせず、回避《かいひ》すらせずに結界で受《う》ける。ここからだ！

「なっ！」

サイラルが驚愕《きょうがく》の声を上《あ》げる。

俺は低い姿勢《しせい》でサイラルの懐《ふところ》に勢《いきお》いをつけて飛《と》び込《こ》み、自由になった『両手』で、相手の太股《ふともも》を抱《かか》えるように持《も》って、そのまま体当たりで押《お》し倒《たお》した。

ズシャァァァァッ！　と鉄と地面《じめん》が擦《す》れる音が迷宮《めいきゅう》に響《ひび》く。

「がはっ！」

強《したた》かに背中を打《う》ち、サイラルが息を吐《は》き出《だ》す。

石だけでは無《な》く、同時に剣も投げつけたのだ。結界に弾《はじ》かれた剣は俺の足元に転《ころ》がり、軽《かる》い音を立てる。だが、俺は落《お》ちている剣には見向《みむ》きもしない。立ち直《なお》る前にケリを付《つ》ける！

「おおおおぉぉぉぉぉっ！」

俺はサイラルより先に立ち上《あ》がると奴《やつ》に飛び掛《か》かり、左腕《うで》でサーベルを持《も》ったままの右腕を抑《おさ》える。

そして左膝《ひだりひざ》を奴の右脇《みぎわき》に突《つ》いて、右足は左肩《かた》を踏み付けるようにして足を置《お》き、右の拳《こぶし》でサイラルの顔面を殴《なぐ》りつけた。

何度も、何度も殴りつける。俺の手がサイラルの歯で切《き》

れて血が流《なが》れても殴り続《つづ》ける。

「ぐっ、く……！」

「うああああっ！」

サイラルが抑《おさ》えられた腕を滅茶苦茶《めちゃくちゃ》に動《うご》かし、サーベルが俺の足に当たって切り傷《きず》が出来《でき》る。殴りつける右拳《みぎこぶし》も途中《とちゅう》からは物理攻撃を弾《はじ》く『結界』で守られ、痛《いた》むのは俺だけだ。

それでも殴り続ける。この態勢《たいせい》ではシーリアの魔法は使い辛《づら》い。威力《いりょく》があり過《す》ぎて巻《ま》き込《こ》んでしまうからだ。他《ほか》の仲間達の戦場も遠《とお》く、動《うご》きが激《はげ》しいため彼女としても動き辛い。

現にシーリアは魔法を詠唱《えいしょう》し、撃《う》つ段階で隙《すき》を伺《うかが》っている。

サイラルも魔法については理解しているだろう。だが、魔法も『結界』を一瞬切り替《か》えるだけで、霧消《むしょう》させることができるのだ。だから、今のような状態なら物理攻撃を防《ふせ》ぐ結界を使い続ける判断は正《ただ》しい。

（相手が俺でなければな！）

それでも、俺は口の端《は》を上《あ》げて声《こえ》を出《だ》さずに笑《わら》った。

俺は拳は止《と》めずに、しかし、意識《いしき》は左手に集中している。サイラルは気付《きづ》いていない。腕《うで》を掴《つか》み続けている俺の左手の魔力の光には。

「炎の精霊サラマンダーよ！　代償《だいしょう》を糧《かて》に……暴走しろっ！」

中級魔法を使用した時の要領《ようりょう》で、気絶《きぜつ》する寸前《すんぜん》まで魔力を込め、魔法を起動《きどう》する。

俺が生《う》み出した炎の精霊は転《ころ》がっている松明《たいまつ》を糧に顕現《けんげん》し、サイラルと一緒《いっしょ》に俺を巻き込んで大爆発を引《ひ》き起こした。

魔法を発動させる瞬間、俺はサイラルから飛《と》び退《の》こうとした。だが、自由になっている左手で足を掴《つか》まれ、自分の魔法の暴走に巻《ま》き込《こ》まれていた。

「……っ！　ああぐぅぅぅっ！」

「ケイトっ！」

手を放《はな》したサイラルから離《はな》れてしゃがみ込むと、俺は歯を食《く》いしばる。

だが、感《かん》じたことの無《な》い種類の激痛に我慢《がまん》しきれず、声が漏《も》れてしまう。背中からはシーリアの悲鳴《ひめい》が聞《き》こえるが、気に掛《か》けることすら出来《でき》ない。

依代《よりしろ》になった松明《たいまつ》が床《ゆか》に落《お》ちていたお陰《かげ》で、炎の蜥蜴《とかげ》も低い位置《いち》で顕現《けんげん》してくれたため、火傷《やけど》をしたのは足だけだ。炎も一瞬、足を燃《も》やしただけで消《き》えてくれた。

だが、両足とも靴は焼《や》け溶《と》けており、痛《いた》みを感《かん》じる限界を超《こ》えてしまっているのか、歩くだけでも痛いというよりも吐《は》き気《け》がするような感覚《かんかく》に陥《おちい》ってしまう。

特に掴まれた右足は酷《ひど》く、足の大部分の皮膚《ひふ》が溶けているのがわかった。

(倒《たお》れ込みたい……もう駄目《だめ》だ。立《た》ち上《あ》がれない……なぜ俺がこんな目に……)

そんな思いが頭をよぎったが、同時に頭の冷静《れいせい》な部分が俺を奮《ふる》い立たせる。離《はな》れていた俺でさえ、こうなのだ。サイラルは生《い》きてはいないだろう。

俺は……人を殺したのか。

身体《からだ》だけでなく、心にも大事《だいじ》なものを失《うしな》ったかの如《ごと》く、嵐のような焦燥感《しょうそうかん》が生まれ、恥《はじ》も外聞《がいぶん》もなく、大声《おおごえ》で喚《わめ》きそうになる。

そんな俺の精神を引《ひ》き戻《もど》したのは目の前に転《ころ》がる母さんから貰《もら》った剣だった。

「冒険者は大事なものを守るために闘《たたか》う……まだだ……終わってない」

そのために冒険者は命を奪《うば》うこともある。覚悟《かくご》はしたはずだ。

辛《つら》くても、戸惑《とまど》っても、泣《な》き言《ごと》を言《い》いたくなっても……出来る事《こと》を逃《に》げずにやるのだと。

サイラルに応《こた》えたように戸惑いなく人を殺せれば、どれほど楽だろう。

だが、俺はそんな風《ふう》にはなりたくない。他人の人生を終わらせることを簡単なことにはしたくない。他人の人生の重《おも》さに後悔《こうかい》することになっても、俺は俺のやり方で生《い》きていくのだ。

悩《なや》み、苦《くる》しみながら、それでも前に進《すす》む。一歩ずつ。仲間達が聞《き》けば不器用だと笑《わら》うだろうけど。

俺は剣を掴《つか》み、杖代《つえが》わりにしながら、震《ふる》える足を叱咤《しった》して立ち上がる。

そして愕然《がくぜん》とした。

「嘘《うそ》だろう……?」

「まだだ……俺の復讐《ふくしゅう》は……復讐は終わらないんだ……」

サイラルは上半身を焼《や》け焦《こ》がせながら、それでも立ち上《あ》がっていた。

軽《かる》い火傷《やけど》ではない。鎖帷子《くさりかたびら》の下《した》の服は溶《と》け、地肌《じはだ》に熱《ねつ》した鎧《よろい》が当たっている。整《ととの》っていた顔も右半分は焼け爛《ただ》れ、殆《ほとん》ど原型を留《とど》めていない。

うわ言《ごと》のように独《ひと》り言《ごと》を呟《つぶや》きながら、サーベルはこちらに向《む》けている。

かろうじて焼け残《のこ》っている左目には光が無《な》い。

「元の世界に戻《もど》るんだ。この世界を滅《ほろ》ぼして……絶対戻るんだ……」

俺もサイラルを侮《あなど》っていたのではないか。どれほどの恨《うら》

みが……望郷《ぼうきょう》の念《ねん》が彼にはあるのだろうか。彼も俺のように心残《こころのこ》りを残して死んだのかもしれない。

しかし、滅ぼすというのは……。

「死ぬわけがない。特別なんだ。俺は……俺の邪魔《じゃま》する奴《やつ》は皆殺《みなごろ》しにしてやる」

サイラルの目に光が戻る。対峙《たいじ》しているだけで、汗がとめどなく流《なが》れていく。痛《いた》みによるものか、恐怖《きょうふ》によるものか、自分にも判断がつかない。

獣《けもの》染《じ》みた殺気《さつき》をサイラルが放《はな》っている。サーベルを持《も》つ手も焼《や》け焦げて、炭のようになっているのに力を込《こ》めて握《にぎ》りこんでいる。痛覚《つうかく》を感《かん》じていないのだろうか。

一歩……また一歩と近付《ちかづ》いてくる。

俺にはもう打《う》つ手がない。手札《てふだ》は全部切《き》ってしまった。

相手が失敗するまで耐《た》えるしかない。俺は痛《いた》みに歯を食いしばりながらも再《ふたた》び剣を構《かま》える。

だが、今の足でどこまで戦えるのか。いや、そもそも動《うご》けるのか？

いや、俺はどんな理由があれ、ここでは負けられない。

絶対に。

「サイラル。降伏《こうふく》しろ。ゼムドがいる。今なら生《い》き延《の》びられるはずだ」

出来《でき》れば殺したくはない。だが、これが最後だ。

もし、これ以上迷《まよ》えば……目の前の手《て》負《お》いの獣《けもの》に喰《く》い殺《ころ》されてしまう。

奴《やつ》は答《こた》えなかった。ぶつぶつと何《なに》かを呟きながら剣の間《ま》合《あ》いに入《はい》ると、サイラルはサーベルを振《ふ》り上げた。

「くっ！」

痛む足を前に踏《ふ》み出《だ》し、相手のサーベルに合わせて自分の剣を振るう。

だが、剣がぶつかる金属音は響《ひび》かなかった。相手が剣を振り上げた瞬間、鋭《するど》い炎の矢が俺の顔の横を走《はし》り、サイラルの顔に命中したからだ。

誰《だれ》が撃《う》ったのかは明白《めいはく》。シーリアの得意な魔法だ。

だから、困惑《こんわく》はしなかった。思わぬ援護《えんご》を生かすべく、途中《とちゅう》で狙《ねら》いを変えた俺の剣はサイラルの右腕《うで》を切断《せつだん》し、連続で放《はな》った突《つ》きが相手の首を貫《つらぬ》いた。

「くうっ……はぁ……はぁ……今度こそ……倒《たお》した……ううぅっ！　いつぅ……！　ラキシスさん！　サイラルは倒したっ！」

叫《さけ》んでから剣を手放《てばな》す。からん……と、軽《かる》い音を立《た》てて剣が落《お》ちた。

勝った。だが、全然嬉《うれ》しさは感《かん》じない。ついに本当に人を殺してしまった。心の中はそんな後悔《こうかい》だけだ。俺はこの恐《おそ》ろしい葛藤《かっとう》にもいつか慣《な》れてしまうのだろうか。

今はただ、肉を裂《さ》く気持ち悪い感触《かんしょく》のせいで、吐《は》き気《け》が止《と》まらない。魔物相手にしろ、人間相手にしろ、絶対この感触には慣れそうにない。そう思った。

「大丈夫っ！　ケイト！　なんてことをっ！」

「俺より、他《ほか》の連中の援護を……降伏《こうふく》を勧《すす》めて……」

「う、うんっ！」

もう、魔法の制限《せいげん》はない。これ以降《いこう》は一方的になる。相手もそれくらいはわかるだろう。

サイラルを生《い》かして捕《つか》まえられなかったのは無念《むねん》だが仲間の無事を祈《いの》りながら、俺はシーリアが戻《もど》るまで、荒《あら》い息を吐いていた。

結局《けつきょく》降伏させることが出来たのは一人だけだった。クルスは爆発音で相手が驚《おどろ》いた隙《すき》を付《つ》き、一人を切《き》り捨《す》てていた。それを見たもう一人は勝ち目なしと見て、クルスに降伏。

そのまま彼女はすぐ近くで戦っていたマイスの相手、ザグの背中から短刀を投《な》げて隙を作り、マイスはそれを利用してザグを切《き》り伏《ふ》せたらしい。ザグには脱獄《だつごく》の罪もある。どちらにせよ降伏《こうふく》しなかっただろうが。

「おいおい、ケイト。その怪我《けが》っ！　すげえ火傷《やけど》じゃねえか」

「マイス……悪いけど動《うご》けない。肩《かた》を貸《か》してくれ」

まだ、ラキシスさんが残《のこ》っている。行《い》かなければ……そう思いつつも立《た》てずに膝《ひざ》を着《つ》いていた俺に肩を貸し、立たせてくれたのはマイスではなく、クルスだった。

彼女の横顔《よこがお》は少し怒《いか》りを感《かん》じさせる。

「無茶しすぎ。後《あと》で説教」

「う、わかった。だけどそれより今は先にゼムドを」

「わかってる」

クルスは重そうにしながらも、絶対に譲《ゆず》らないという雰《ふん》囲気《いき》で俺を支《ささ》え、よろよろとラキシスさんとゼムドが見える場所まで歩く。

シーリアはラキシスさんが気になるのか先に向《む》かっていた。

二人は向かい合って立っていた。但《ただ》し、ラキシスさんは剣を納《おさ》めており、ゼムドの鉄棍《てっこん》は床《ゆか》に転《ころ》がっている。ゼムド自身《じしん》は植物に全身を絡《から》まれ、動《うご》くことは出来《でき》ないようだ。

ラキシスさんは無傷《むきず》だが余裕《よゆう》だったわけではないようで、髪《かみ》の毛が汗で顔に張《は》り付《つ》いているし、呼吸《こきゅう》も荒《あら》い。

縛《しば》られているゼムドには全身に細《こま》かい切傷がある。ラキシスさんとゼムドの能力を考えると、どんな戦いだったかなんとなくは想像《そうぞう》が出来《でき》る。

ゼムドは俺の顔を見ると、ばつが悪そうに苦笑《にがわら》いした。不思議と彼には憎《にく》しみが湧《わ》かなかった。自分でもその理由はわからない。

「サイラルは負けたか。ここまでのようじゃの」

「手強《てごわ》かったよ。お陰《かげ》で死にそうなくらいに」

俺とゼムドは何《なに》も話すことなく、静《しず》かに見詰《みつ》め合う。

「ゼムド……約束は守った。シーリアは守りきった」

何《なに》を言《い》えばいいのかわからない。どんな顔をすればいいのかも。

だから、俺はシーリアの方を横目で見て、淡々《たんたん》とかつて彼と交《か》わした約束を守ったことを告《つ》げた。ゼムドはしばらくきょとんとしていたが、弾《はじ》けるように笑《わら》う。

「わっはっはっは！　ドワーフよりも融通《ゆうずう》が効《き》かん男じゃの。お主《ぬし》は」

シーリアはえ？　え？　と何のことかわからずに、おろおろしていた。

「性分《しょうぶん》でね。これからどうする？」

俺は動《うご》けないゼムドにそう問《と》いかける。

「情《なさ》けは無用。拙僧《せっそう》はお主たちを裏切《うらぎ》った。殺《ころ》そうとした。悪事も知っていて、放置《ほうち》した。お主達の情報を組織《そしき》に流《なが》した。十分な罪じゃ」

「裏切り……か。そうなのかな」

裏切りと聞《き》いて思い出《だ》すのは、今となっては大昔の出来事。幼馴染《おさななじみ》と友人だ。だが、ゼムドを見ていて思う。本当に彼等《かれら》だけが悪かったのかと。

あの時は幼馴染の言《い》い訳《わけ》も聞《き》かず、一方的に悪と決めつけていたが、彼等にも彼等なりの言い分があったのかもしれないと。

幼馴染や友人を許《ゆる》すことはできないが、少なくとも彼女を追《お》い詰《つ》めたのは自分の態度《たいど》も理由の一つだったことは間《ま》違《ちが》いない。

「敵《てき》になるやもしれん。禍根《かこん》は絶《た》つことじゃ。甘《あま》さはお主だけではなく、仲間の危険を招《まね》くことになるぞ」

俺を諭《さと》すようにゼムドはそこまで話し、どかっと勢《いきお》い良《よ》く座《すわ》った。

確《たし》かに彼の言うことには一理ある。ゼムドが関《かか》わっている可能性に気付《きづ》きながら、俺は放置《ほうち》し続《つづ》けていた。もっと不利な段階でサイラルが襲《おそ》ってきていればどうなっていたか。

俺はゼムドが俺達の敵に回らないという一縷《いちる》の望《のぞ》みを賭《か》けて、ラキシスさん以外に援護《えんご》を頼《たの》まなかった。他《ほか》の者がいては、サイラルとの関係を誤魔化《ごまか》すことができないからだ。そうなれば、彼が敵に回らなくても捕《つか》まってしまう。

ラキシスさんはそれがわかったんだろう。だから甘いと言った。

俺は少し考え、ゼムドには応《こた》えず、シーリアの方を向《む》く。

「何《なに》か言いたいことはある？」

「え、そうね」

　急に話《はなし》を振《ふ》られてシーリアは驚《おどろ》いていたが、「うーん」と唸《うな》って悩《なや》んでから手を叩《たた》いて顔を上《あ》げる。

　そして、つかつかとゼムドに近付《ちかづ》くと右手を振り上げ、ぽこっ、と軽《かる》く殴《なぐ》った。ただ、彼女としては全力で殴ったようで、涙目になりながら痛《いた》そうに手を振っている。

「一発殴りたかったの。馬鹿《ばか》にするんじゃないわよっ！　私があのくらいのことで、助けてくれた相手を軽蔑《けいべつ》するとか思われるなんて心外《しんがい》なの。後《あと》、私が守られるような女だって思われるのも。私は一緒《いっしょ》に戦ってるのよっ！」

　一気に叫《さけ》ぶようにシーリアは言《い》い切《き》り、ぜーはーと肩《かた》で息をする。

「む、あ、むう……そりゃ見くびっておった。すまぬ」

「ならよしっ！」

　ゼムドは何だかよくわかってない様子《ようす》だったが、とにかく謝《あやま》り、シーリアは強気そうな顔にすがすがしい笑《え》みを浮《う》かべて頷《うなず》いていた。彼女が恨《うら》んでいないなら、まあいいのだろう。

「ゼムド。貴方《あなた》には死んでもらうつもりはないいんだ」

「ほう。どういうことかの」

胡散臭気《うさんくさげ》にゼムドは俺を見る。彼の言うことも理解している。だが、俺は彼を殺《ころ》さない。

そんな楽をさせる気はない。

俺は、ラキシスさんの方を向いた。彼女も俺の方を向いて頷《うなず》く。

「私に協力してもらうわ。ゼムド」

「拙僧《せっそう》に仲間を売れと？」

ゼムドが初《はじ》めて怒気《どき》を見せた。そんな彼にラキシスさんは首を横に振《ふ》り、微笑《ほほえ》む。

「貴方はただの神官。気がついたら街に居なくなるの。そして、ケイト君や娘《むすめ》の安全に関《かか》わる情報だけ、不思議なことに私に届《とど》くようになるのよ。他《ほか》はどうでもいいわ」

「虫のいい話《はなし》じゃの」

疑《うたが》っているゼムドに、くすくすとラキシスさんは笑《わら》う。ただ、俺達に向《む》ける穏《おだ》やかなものではなく、氷のように冷たい、彼女が持《も》つ『氷の魔女』の異名《いみよう》に相応《ふさわ》しいそんな笑《え》みだ。

「私は貴方の命に価値など認《みと》めていないわ。異種族《いしゆぞく》の組織《そしき》もどうでもいいことよ。死んだのも冒険者。仕事で命を落《お》とすなど良《よ》くあること。恨《うら》みもない」

ラキシスさんは一度そこで話を区切《くぎ》り、クルスに俺を下《お》ろすように言って、壁を背に座《すわ》らせ、水の精霊を召喚《しょうかん》して俺の足を冷《ひ》やす。

冷やりとした感触《かんしょく》と共《とも》に激痛《げきつう》が走《はし》り、勝手に上《あ》がりそうになる声《こえ》を必死《ひっし》に俺は抑《おさ》えていた。

「良かった。きちんと痛《いた》みはあるようね」

火傷《やけど》の応急処置を行《おこな》ってからラキシスさんはゼムドに向きなおす。

「友人や娘《むすめ》のために貴方《あなた》を生《い》かすの。それに、貴方は私に借《か》りがあるでしょう？」

「ケイト殿といい、シーリア殿といい、お主《ぬし》といい借りだらけじゃな。その条件飲《の》もう」

ふぅ……と大きな溜息《ためいき》をゼムドは吐《つ》いた。

「もう一つ。こちらの方が重要なのだけど……貴方の魔法でケイトの足を治療《ちりょう》して欲《ほ》しい。これが私が貴方を見逃《みのが》す一番の理由ね」

「拙僧が神の力を振《ふ》るわぬということはお主も知っておろう。神の御心《みこころ》に反《はん》することにも手を染《そ》めておるでな。神にも合《あ》わせる顔が無《な》いのじゃ」

ラキシスさんは俺の足の様子《ようす》を確認《かくにん》し、もう一度ゼムドの方を見る。

「それでもよ。このままだと切断《せつだん》するしかなくなるの。私の貸《か》しはそれで帳消《ちょうけ》しにしてあげるわ。貴方もこんなつまらないことで、ケイト君を再起不能にするのは本意《ほんい》ではないでしょう」

「なるほどの。やむを得《え》ぬな。承知《しょうち》した」

ゼムドは苦々《にがにが》しげに同意した。俺の足は思いの外《ほか》、危《あぶ》ない状況だったようだ。

マイスやクルスやシーリアの目が怖《こわ》い。後《あと》が大変そうだ。俺は朦朧《もうろう》とする意識《いしき》の中そんな風《ふう》に考え、痛みで脂汗《あぶらあせ》をかきながら苦笑《くしょう》した。

神の奇跡。俺やシーリアが扱《あつか》う魔法とはまた違《ちが》う力。初《はじ》めてそれを見た感想は『よくわからない』の一言に尽《つ》きる。魔法のように魔力が視《み》えるでもなく、ただ手を患部《かんぶ》に翳《かざ》し、目を閉じて祈《いの》りを捧《ささ》げただけである。俺の『能力』にも何《なに》も映《うつ》らない。

「少し楽になってきたよ」

「これは酷《ひど》いの。すまぬが拙僧《せっそう》では治《なお》しきれん」

にも拘《かかわ》らず、炭化《たんか》していた俺の足はゆっくりと元の肌《はだ》の色に戻《もど》っていった。

神官の魔法をゼムドが使ってくれたお陰《かげ》で、俺の火傷はかなりましになったのだが完全には治しきることが出来《でき》なかった。それだけ酷かったのだ。

信仰の力というのは、魔力のように寝《ね》れば回復するよう

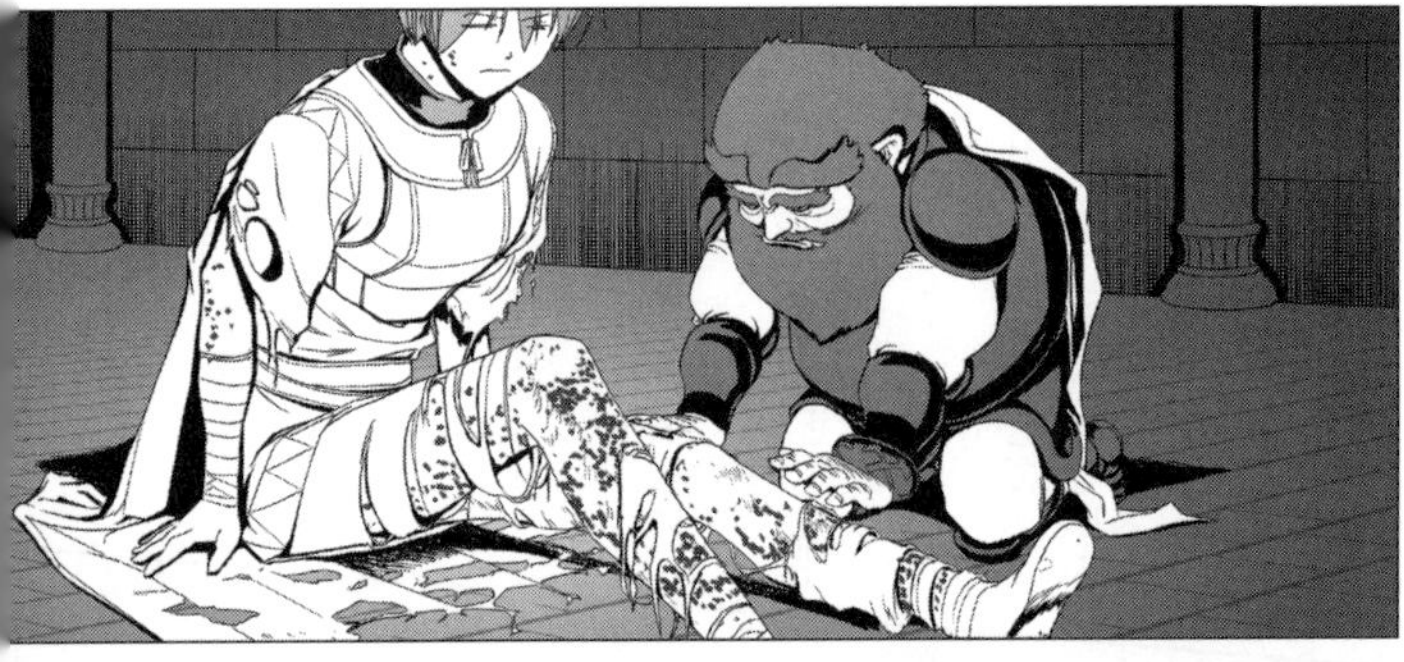

なものではなく、普段《ふだん》の神への敬虔《けいけん》な奉仕《ほうし》が糧《かて》となって溜《た》め込《こ》まれていく性質《せいしつ》があるらしい。

そのため、ゼムドが治療《ちりょう》をこれ以上施《ほどこ》すのは無理だとのことだった。

従《したが》って俺の怪我《けが》は、しばらく休みながら、薬と他《ほか》の神官にお布施《ふせ》をすることで治すことになったのである。そして、それはゼムドとの別《わか》れを意味していた。

ゼムドは別《わか》れるとき、マイスに背負《せお》われた俺に声《こえ》を掛《か》け、

「運命とはわからぬものじゃ。お主《ぬし》は負けぬようにな」

と、彼が明るかった時の笑顔を向《む》け、頭を下《さ》げて去《さ》っていった。

こうして俺はベッドの中の住人になった。

二日目の今はましだが、初日は中途半端に残《のこ》った火傷《やけど》による地獄の痛《いた》みと、高熱でまるで生《い》きている気がしなかった。自業自得なんだが。

クルスとシーリアが看病《かんびょう》してくれたのだが、二人は時々睨《にら》み合《あ》い、俺の方を見て矛《ほこ》を納《おさ》めを無言《むごん》で繰《く》り返《かえ》すため、胃が痛くて仕方《しかた》がなかったのも辛《つら》さに一役買っている。

村の仲間達以外に初《はじ》めて負の感情を見せながら、食事を食べさせてくれるクルスと、耳と尻尾《しっぽ》の毛を逆立《さかだ》てながら、冷《ひ》やした布を替《か》えてくれているシーリアの無言の争《あらそ》いは、本当に胃に悪かった。

そんな風《ふう》に昨日も大変だったのだが、今よりはましだったかもしれない。

今日はどうやってサイラルを倒《たお》したのか説明させられたのだが、話《はなし》を全《すべ》て聞《き》くと、マイス

が太い腕《うで》を組んでむっつりと考え込《こ》むように下《した》を向き、クルスは呆《あき》れたような顔をして、間《ま》近《ぢか》で戦いを見ていたシーリアは苦笑《にがわら》いしている。

シーリアはともかく、残る二人とは長い付《つ》き合いだ。この沈黙《ちんもく》が嵐の前の静《しず》けさであることくらいは理解できている。

「何《なに》か昔の嫌《いや》な思い出が。まあ、それはどうでもいいとしてだ」

マイスが腕組《うでぐ》みをやめ、こほんと咳払《せきばら》いをすると俺が寝《ね》ているベッドに近付《ちかづ》く。

俺は先手を打《う》って耳を塞《ふさ》いだ。

「こんのっ……大馬鹿《おおばか》野郎がっ！　馬鹿じゃねぇか？　おい！」

「うん。馬鹿。大馬鹿。本当に馬鹿。救《すく》いのない馬鹿《ばか》」

予想通《どお》りにマイスが家中に響《ひび》く勢《いきお》いで叫《さけ》び、クルスは平坦《へいたん》な口調《くちょう》で、延々と馬鹿を繰り返す。いや、俺もちょっと格好悪《かっこうわる》いとは思ってるんだ。ただ、言《い》い訳《わけ》はしたい。

「予定では華麗《かれい》に飛《と》び退《の》いて、サイラルだけを巻《ま》き込《こ》むつもりだったんだ」

「そういう問題じゃねえよっ！　何《なん》でそんな博打《ばくち》みたいなことするんだ！」

苦笑《にがわら》いしながら、俺は耳を塞ぐ。他《ほか》に思いつかなかったからしょうがないと思う。確《たし》かに、他にも方法はあった気はするのだが、予想外というのは常《つね》に存在《そんざい》しているものである。うん。

心配してくれているのは嬉《うれ》しいのだが、ちょっとは労《いたわ》って欲《ほ》しい気もする。この件に関《かん》しては平謝《ひらあやま》りするしかなさそうだが。

「大体、そんなことしなくてもな」

マイスは自分の胸《むね》を叩《たた》いて豪快《ごうかい》に笑い、自信満々に胸を張《は》る。

「この俺様が目の前の相手をさっさと倒して、すぐにお前の援護《えんご》が出来《でき》てたんだ」

「こっちはさっさと片付《かたづ》けて、ケイトを助けられた」

マイスとクルスの声《こえ》が合《あ》わさり、二人が顔を見合わせた。クルスは小馬鹿《こばか》にするような笑《え》みを浮《う》かべてマイスを見る。

「苦戦《くせん》してた癖《くせ》に。マイスの出番は無《な》かった」

「なっ！　お前は敵《てき》が音で驚《おどろ》いたからだろうが！」

おや？　と、二人を見る。なんだか、先程《さきほど》までと空気が違《ちが》う。何故《なぜ》か今度はマイスとクルスが睨《にら》み合っていた。

「私が助けなかったら危《あぶ》なかった」

「んなわけねーだろ！　お前こそあんな弱そうなのに苦戦しやがって！」

「く……二人相手は慣《な》れてなかった。マイスは一人」

むむっ！　と二人が睨み合う。俺には口出《くちだ》し出来《でき》なかった。そうしたら最後、二人の怒《いか》りは俺に来るだろう。

この二人の言《い》い争《あらそ》いも懐《なつ》かしい。

俺を除《のぞ》けばクルスと真っ向から言い争いをしていたのはマイスだけだ。

俺と学者になったヘイン、今はどこにいるかわからないホルスは、昼食のパンを賭《か》けてよく二人の争いをネタにして遊んでいた。ちなみに口でマイスが負けるか、拳《こぶし》でマイスが負けるかの賭けである。二人には口が裂《さ》けても話せないが。

「あんたら本当に仲いいわね。結局《けっきょく》、二人ともケイトを助けられなかったんじゃない。責《せ》める資格はないわよ。本当に役に立《た》たないんだから」

はぁ……と、わざとらしくシーリアは溜息《ためいき》を吐《つ》き、俺の頭の上に乗《の》っていたタオルを桶《おけ》にいれた水に付《つ》けて絞《しぼ》り、もう一度頭の上に乗せてくれる。

彼女は握力《あくりょく》も弱いのかあんまり絞《しぼ》れておらず、ぼたぼたなのだが。

「ケイトを助けたのは私だしね。あいつの結界の性質《せいしつ》を見抜《みぬ》いたし、冷静《れいせい》に魔法を打《う》ち込《こ》んだし。ケイトの頑張《がんば》りを一番わかってあげられるのも私だし？」

ベッドの傍《そば》で座《すわ》り込《こ》み、機嫌《きげん》良さそうに俺に顔を近付《ちかづ》けてシーリアは微笑《ほほえ》む。彼女は俺に顔を向《む》けてるから見えてないだろう。マイスとクルスの怒《いか》りに染《そ》まった顔が。

俺はもう一度耳を塞《ふさ》ぐ。そろそろ勘弁《かんべん》して欲《ほ》しい。

「何《なに》言ってやがんだ。お前が一番悪いんだろうが！」

「この無能《むのう》狼は、何を言っているのか」

「ひゃうっ！　な、なによっ！」

急な後ろ《うし》からの大声《おおごえ》にシーリアはびくっ！　と飛《と》び上《あ》がり、立ち上がって睨《にら》みつけてくる二人を睨み返《かえ》した。

「ケイトが魔法使う前にお前が使えよ！」

「ケイトが魔法使ったら貴女《あなた》いなくても同じ」

また、マイスとクルスの声が揃《そろ》う。どうやら、二人の怒りはシーリアが引《ひ》き受《う》けてくれたらしい。俺はほっとしつつ、目を閉じる。

「私の魔法に巻《ま》き込むわけにはいかないでしょ！　それに自爆するなんて思わないしっ！　私だってちょっと馬鹿《ばか》じゃない？　って思ったわよっ！」

「自爆は馬鹿だが、上手《うま》くやる方法あったろっ！」

「うん。自爆は頭が悪すぎる」

味方はどこかにいないのだろうか。

当事者であるはずの俺をそっちのけで、三人楽しく喧嘩《けんか》してるし。

「騒《さわ》いでいるから来てみれば。で、貴方《あなた》達は怪我《けが》人の部屋で何《なに》をしているのかしら？」

いつのまにか、彼らの後《うし》ろにラキシスさんが立《た》っていた。穏《おだ》やかな笑顔に見えるが、目は笑《わら》っていない。

彼女の凍《こお》り付《つ》くような声《こえ》を聞《き》き、それまでわーわー騒いでいた三人の声がピタっと止《と》まる。やはり貫禄《かんろく》の違《ちが》いだろうか。

「外で頭を冷《ひ》やしてきなさい。三人とも」

三人とも顔を見合《みあ》わせ、ようやく冷静《れいせい》に今の状況を理解したのか、すごすごと部屋から出て行《い》った。三人の後《うし》ろ姿《すがた》を見送《みおく》り、やれやれと苦笑《くしょう》してラキシスさんは首を横に振《ふ》る。

「あの子達はまだまだ子供ね。素直《すなお》じゃないんだから」

「扉《とびら》の外で待ってないで早く助けてくださいよ」

俺が指摘《してき》すると彼女はいたずらがばれた子供のように、くすくすと笑《わら》った。

「あら、能力を使ったの？」

「使っていません。タイミングが良《よ》かったので」

ラキシスさんは俺の傍《そば》に寄《よ》り、ベッドに腰《こし》を掛《か》けると、人差し指をぴっ……と伸《の》ばして、俺の額《ひたい》をちょんと突《つ》っつく。

「馬鹿《ばか》なことをした子にはお仕置《しお》きが必要と思わないかしら？」

「もう、何年か分くらい言《い》われたんで勘弁《かんべん》して下さい」

「ふふ……そうね。あの子達も本当はわかっているのよ。自分達を案《あん》じた故《ゆえ》の無謀《むぼう》だって。

貴方《あなた》が大人《おとな》だから甘《あま》えているのね」

　額から頬《ほお》に指を滑《すべ》らせ、ラキシスさんは微笑《ほほえ》む。

「命を賭《か》けて娘《むすめ》を助けてくれて有難う。それから」

　そして腕《うで》を回《まわ》して、俺をゆっくり起《お》こし自分の胸《むね》に抱《だ》き寄せた。

「本当に良く頑張《がんば》ったわね。一人で色々なものを抱《かか》えて……失《うしな》って……それでも、最後まで戦って……偉《えら》かったわ。仲間をずっと何ヶ月も疑《うたが》うなんて辛《つら》かったでしょうに」

「仲間を嵌《は》めたし、人を殺《ころ》しました。正直辛いです。だけど、大丈夫です」

　落ち着《つ》く香《かお》りがするラキシスさんに優《やさ》しく抱えられながら、今度はちゃんと大丈夫と強《つよ》がりを言えた。昔よりは強くなったということだろうか。

　ラキシスさんはゆっくりと俺から身体《からだ》を離《はな》すと、ちらっと扉《とびら》の方を見て薄《うす》く笑《わら》う。

　そして今度は顔を引《ひ》き寄《よ》せて、頬《ほお》にキスをしてくれた。

「これはお礼《れい》ね。それとさっきのは無《な》し。言い換《か》えましょう。立派《りっぱ》に冒険者になったのね」

「はい。ラキシスさんのお陰《かげ》です」

　俺は笑ってラキシスさんに頭を下《さ》げた。ラキシスさんは、「本当に人間の成長って早いわね」と、呟《つぶや》き、「よろしい！」と冗談《じょうだん》っぽく胸を張《は》って頷《うなず》いた。

「本当、ケイト君が来てくれて良《よ》かった。シーリアも明るくなったし、退屈《たいくつ》しなかったわ」

　ラキシスさんは、過去形で残念そうに言《い》った。本当に聡《さと》い女性だと思う。どうやら俺の考

えはお見通《みとお》しらしい。

「ばれてましたか」

「はい、ばれてます。ケイト君もまだまだね。いい男になるには、まだ五年はかかりそう。あ、でも、その時あの子達がまだ、子供みたいなことしてたら私がもらっちゃおうかしら」

　そんなことを話しながらラキシスさんは楽しそうに笑う。俺にはなんだか一瞬、彼女の目が本気に見えたような気がして、そんな自分の馬鹿《ばか》な考えに困《こま》って頭を掻《か》いた。

「期待《きたい》に答《こた》えられるように頑張《がんば》ります。黙《だま》っていてすいません」

「いいのよ。なんとなくわかっていたしね。じゃあ、ケイト君の考えている今後のことを聞《き》かせてもらおうかしら。そこの三人も、気になるならちゃんと中に入《はい》って聞きなさい」

　ラキシスさんは立《た》ち上《あ》がって扉《とびら》の方に声《こえ》を掛《か》けると、三人は気まずそうな顔をしながら中に入ってきた。全《まった》く仲が良いのか悪いのか。

　彼らの憮然《ぶぜん》とした表情《かお》を見て、俺は思わず吹《ふ》き出《だ》してしまっていた。

そして、俺は話《はなし》が長くなりそうだからと、全員に座《すわ》ってもらい、今後のことについて、考えていたことをみんなに話すことにした。

部屋に一つだけ置《お》いてある椅子《いす》にはラキシスさんが座り、俺はベッドに腰掛《こしか》ける。後《あと》の三人は床《ゆか》に座っている。狭《せま》い部屋ではないが、流石《さすが》にこの人数は多い。

「そこの三人も盗《ぬす》み聞きしていた通《とお》り、俺はカイラルをすぐにでも発《た》つつもりでいる」

盗み聞きと言《い》う部分に三人が仲良《なかよ》くうっ！　と呻《うめ》く。まあ散々《さんざん》苛《いじ》められたしこれくらいの反撃《はんげき》は許《ゆる》されるだろう。

ラキシスさんも手を口に当ててくすくすと笑《わら》う。

「さて、ケイト君より楽な相手に手こずった、情《なさ》けなくて不甲斐《ふがい》ないそこの三人は彼が街を出ることに決めた理由はわかるかしら？」

「マイスを村に送《おく》り届《とど》ける」

ラキシスさんのからかうような言葉に、一番に反応した

のはクルスだ。確《たし》かにそれも理由の一つだが、ラキシスさんが考えた理由ではない。

その理由なら『今すぐ』とは言《い》わない。少し悩《なや》んで俺は首を横に振《ふ》った。

「ん？　違《ちが》うのか。まさか、またサイラルの仲間に襲《おそ》われるのか？」

「それはないね。この街の彼等《かれら》の拠点《きょてん》は一掃《いっそう》されたはずだよ。そして俺の顔を知るものも、今となっては殆《ほとん》どいないはず」

マイスの答《こた》えはすぐに否定する。これは確実だ。この街の彼らの組織《そしき》は俺達が来たばかりのときはゼムドが、その後はサイラルが指揮《しき》を採《と》っていたことは掴《つか》んでいる。非合法なことを大規模《だいきぼ》に行《おこな》える組織だ。二人がいなくなれば後《あと》は蜥蜴《とかげ》の尻尾《しっぽ》にできるようにしているだろう。証拠《しょうこ》を可能な限《かぎ》り残《のこ》さないように。

残《のこ》っても黒幕《くろまく》である者達に追求が及《およ》ばないように。

いや、裏で領主のカイラルと繋《つな》がっている可能性すらある。お互《たが》いに利用し合《あ》うために。権力者を信じてはならない。個人では利用されるだけだ。

「じゃ、じゃあ、この街に嫌気《いやけ》が差《さ》したとか？」

「シーリア。貴女《あなた》ね……学《まな》ぶというのは知識《ちしき》を身《み》に付《つ》けるだけじゃないのよ？」

なんだか不安げなシーリアの答えに、ラキシスさんは指を眉間《みけん》に当てて、深い苦悩《くのう》の表情《かお》を浮《う》かべた。流石《さすが》にこの答えには困惑《こんわく》しているようだ。

というか、学院に所属しているシーリアが一番初《はじ》めに気付《きづ》くかと思っていたのに。俺も苦笑《にがわら》いするしかなかった。

「答えは目立《めだ》ちすぎたから。俺は確実にカイラルにマークされてるはずだよ」

「なんでえ。カイラルは味方になってくれたじゃねえか」

「今回はね」

不思議そうな顔をし、頭に手を置《お》いて素直《すなお》に疑問《ぎもん》を口にしたマイスに俺は答《こた》える。そう、今回は味方になってくれた。

「俺の能力はまずい。サイラルと戦って痛感《つうかん》したよ。これがカイラルに知られれば、利用されるはず。彼等《かれら》なら俺の能力を、俺よりも効率《こうりつ》よく使おうと考えるだろう」

「えっと……それってまずい？　危害はないんじゃない？」

シーリアはわたわたと慌《あわ》てながら、そう問《と》い返《かえ》す。ラキシスさんという後《うし》ろ盾《だて》のあるシーリアには確《たし》かに危険がないかもしれないが……。

（そもそもシーリアは利用されることを警戒《けいかい》していたんじゃ？）

慌てた様子《ようす》の彼女が理解できず、困惑しながら俺は続《つづ》ける。

「ないかもしれないけど、楽観《らっかん》は出来《でき》ないというところかな」

「う、う、でもでも！」

「仕方《しかた》無い。他《ほか》にも迷宮《めいきゅう》はあるし、冒険が出来《でき》るのもここだけじゃない」

クルスはシーリアをちらりと見て、冷静《れいせい》に言葉を返《かえ》す。シーリアはそんなクルスを憎々《にくにく》しげに睨《にら》む。

（ああ、そうか。理解していないわけじゃない）

そこで俺はようやく気《き》が付《つ》いた。我《われ》ながら鈍《にぶ》い。俺は髪《かみ》の毛を軽《かる》く掻《か》き乱《みだ》して苦笑《くしょう》した。

「シーリアは学院があるし、ラキシスさんもここに住《す》んでいるから強制《きょうせい》はしないよ。シーリアも自分で選《えら》んで欲《ほ》しい」

「うん、わかった」

しょんぼりとシーリアは耳を寝《ね》かせて落《お》ち込《こ》んでいる。こればかりは仕方がない。俺達全員が、自分で選《えら》んでいるのだから。

（シーリアはどうするんだろう）

恐《おそ》らく彼女は残《のこ》るのではないだろうか。そうすれば、次に会えるのは何年後かわからない。俺も辛《つら》い。

だが、貴族の思惑《おもわく》に巻《ま》き込《こ》まれればクルスやマイスだけでなく、シーリアも危なくなる。恐らく貴族も利用できるのであれば戸《と》惑《まど》わないだろう。それこそ彼らの考えている価値次第《しだい》では村の立場《たちば》も危うくなりかねない。

本当はそれこそを恐れている。だけど、俺は落《お》ち込んでいる彼女に、明るい口調《くちょう》を意識《いしき》して別の説明をすることにした。

「カイラルに利用されると街から出難《でがた》くなる。そうなれば、俺の冒険の目的が果《は》たせなくなるんだ。それが一番の理由」

「ケイトの目的って？」

シーリアが顔を上《あ》げる。赤い瞳《ひとみ》には好奇心《こうきしん》の色があった。

そういえば、彼女にはちゃんと話したことがない気がする。俺の本来の目的。

「世界中を廻《まわ》ること。迷宮《めいきゅう》に潜《もぐ》っていたのもその準備なんだ」

「世界を廻って……どうするの？」

不思議そうにシーリアは首を傾《かし》げる。ただ単に「この不思議な世界を見たいだけ」とか言《い》ったら怒《おこ》るだろうか。だけど今は他《ほか》に理由はない。我《われ》ながら無計画だ。

「興味《きょうみ》があるんだ。この不思議なことが溢《あふ》れている世界に。それだけだよ」

「本当に変わってるわね。ケイトは」

だが、シーリアは俺の予想に反《はん》して、くすくすと笑《わら》った。そんな彼女をラキシスさんは少し寂《さび》しそうに見ていたが、話《はなし》が途切《とぎ》れたところで俺の方に顔を向《む》ける。

「ケイト君、世界を廻るにしても、何《なに》か当面の目的とかはないの？」

「それなんですが……世界中の『呪い付き』の伝承《でんしょう》を集《あつ》めてみようかと。サイラルが少し気になることを言《い》っていたので。『この世界を滅《ほろ》ぼして元の世界に戻《もど》る』とか」

「うへぇ、いかれてやがるな」

マイスが嫌《いや》そうに顔を歪《ゆが》め、「なるほど、それで伝承ね」と、ラキシスさんは大袈裟《おおげさ》な話を馬鹿《ばか》にするでもなく、難《むずか》しそうな顔をして呟《つぶや》く。

「昔、私とケイト君の母親、マリアが戦った『呪い付き』も似《に》たことを言っていたわ。元の世界とかはなかったけれど、この狂《くる》った世界を滅ぼす力を見つけたとか。あ、ゼムドの組織《そしき》とは関係なかったわよ？　彼の所は元々は人間以外の種族の助け合《あ》いのための組織だから」

「世界を滅ぼすとか……そんな力が実際《じっさい》に有《あ》り得《え》るんですか？」

ラキシスさんは俺の問《と》いを聞《き》いて考え込《こ》み、首を横に振《ふ》った。

「現実的ではないわね。私達が戦った相手が使おうとした力も、発動《はつどう》すれば街が一つ消《き》えるくらいの威力《いりょく》はあったけど世界とまでは」

「でも、街一つ消えるような力はあるんだ」

ラキシスさんの話にシーリアが頬《ほお》を引《ひ》き攣《つ》らせて苦笑《にがわら》いした。俺も驚《おどろ》いて声《こえ》が出ない。

ラキシスさんは嫌《いや》なことを思い出《だ》したといった風《ふう》に眉《まゆ》をひそめて続《つづ》ける。

「二度と利用出来《でき》ないように、それがあった施設《しせつ》は封印《ふういん》したわよ。壊《こわ》せなかったから。場所も今となっては私とマリアしか知らないしね」

「なるほど。壊せない施設というと迷宮《めいきゅう》の建物みたいな感《かん》じなのかな」

「そんなところね。そう考えれば他にも似たものがある可能性はあるけれど、目立《めだ》つ場所には多分無《な》いわね」

誰《だれ》かが知っていたら、壊すなり利用するなりされている。それがラキシスさんの答《こた》えらし

い。俺もそうは思うが、常識では測《はか》れない不思議な物《もの》があるというのは間違《まちが》いないようだ。

　ラキシスさんは一度、話《はなし》を止《と》めて、「あ」と小さく呟《つぶや》いて俺を見る。

「忘《わす》れていたわ。伝承を探《さが》すなら南に行《い》きなさい。エーリディ湖を越《こ》えて更《さら》に南に行ったところに私の故郷《こきょう》、ザーンベルグ大森林があるわ。紹介状《しょうかい》を書いてあげるから、そこを訪《たず》ねてみなさい。無駄に長生《ながい》きしているのが住《す》んでるから」

「嫌そうですね」

「退屈《たいくつ》なとこだったのよ。しきたりがどうの、エルフの誇《ほこ》りがどうのと。全《まった》く……流行《はや》らないのよ。だけど、古い知識《ちしき》なら確《たし》かに豊富《ほうふ》だからね」

　まるで、やんちゃな子供みたいなことを言《い》いながら、ラキシスさんは笑《わら》った。

　それが嫌で故郷を飛《と》び出《だ》した人の紹介状《しょうかい》で大丈夫なんだろうか、と思わなくもなかったが、短期的な目的地があるのは有難《ありがた》い。

「有難う御座います。そうしてみます」

「うん。あ、西のディラス帝国は絶対に近付《ちかづ》いては駄目《だめ》よ。ゼムドの組織《そしき》の本拠《ほんきょ》があるから。あの組織も昔はただの助け合《あ》いだったのに、どうなってるやら」

困《こま》りきった表情《ひょうじょう》でラキシスさんは目を閉じる。何故《なぜ》そんなことを知っているのか。

（いや、異種族《いしゅぞく》の為《ため》の組織なら、彼女に声を掛《か》けないはずはないか）

そんな風《ふう》に考えに耽《ふけ》っていると、シーリアが何《なに》かを言《い》いにくそうに声を掛けてきた。

「ね、ねえ。ケイト」

「何？　シーリア」

床《ゆか》に座《すわ》っているため、シーリアは俺を見上《みあ》げるような形になり、少し泣きそうに顔を歪《ゆが》めながら先を続《つづ》けた。

「カイラルをいつ出るの？」

「もう動《うご》けるし、決意が鈍《にぶ》る前に行《い》くよ。今日の治療《ちりょう》で完治《かんち》すると思うから……明日《あす》は、お世話になった人に挨拶《あいさつ》をして、道具を揃《そろ》えて明後日には」

「そ、そんな！　早すぎないっ？」

シーリアは立《た》ち上《あ》がって、俺の顔を間近《まぢか》に見るように詰《つ》め寄《よ》ってくる。俺は背中の後《うし》ろに手をついて思わず仰《の》け反《ぞ》ってしまった。

銀色の髪《かみ》が顔に掛《か》かり、息遣《いきづか》いも聞《き》こえてきそうな距離《きょり》だ。自分の状態に気付《きづ》いたのか、シーリアは真っ赤に顔を染《そ》めて後ろに飛《と》び下《さ》がる。

「ごめん。ちょっと考えさせて」

彼女はそう言《い》って俺に背中を向《む》けると、部屋から出て行った。ラキシスさんは、俺をちらっと見て、シーリアを追いかけるように部屋を出ていく。

彼女達が出ていった後《あと》、クルスは俺をじぃっと見て、

「良《よ》かったの？」

と、ぽつりと呟《つぶや》いた。

非難《ひなん》しているわけではなさそうだ。確認《かくにん》といった感《かん》じか。良かったかどうかであれば、考えるまでもない。俺は頷《うなず》く。

「お互《たが》いのためだよ。ラキシスさんもいるしね。でも」

俺はクルスに笑《わら》いかける。

「来てくれたら嬉《うれ》しいよね。クルスとも仲《なか》がいいみたいだし」

「っ……ケイトの目はおかしい。あんな駄目《だめ》狼、どっちでもいい」

少しだけ顔を赤くしてクルスは顔を背《そむ》けた。

本当に嫌《きら》いならクルスは相手にもしないだろう。そんな彼女の照《て》れたような顔を見て、俺はマイスと二人、声《こえ》を上《あ》げて笑った。

翌朝、俺達はシーリアに学院の寮《りょう》に住《す》んでいるヘインを呼《よ》び出《だ》してもらった。

カイラルの領主一族の少女、ユーニティアは事件の後始《あとし》末《まつ》で忙《いそが》しいらしく、今日は会わなかったらしい。彼女には悪いが俺達としては都合《つごう》が良い。

俺はヘインにユーニティアへの丁重なお礼《れい》の伝言を頼《たの》み、明日《あす》にはカイラルを旅立つことを告《つ》げた。ヘインは俺達の事情《じじょう》を察《さっ》してくれたのか、

「そうか、寂《さび》しくなるな。何《なに》かあればまた連絡《れんらく》してくれ」

と、残念そうな表情《かお》をしながらも、深く理由は追求しなかった。

こうして俺達は再会とお互いの無事を約束し、幼い頃からの親友にしばらくの別《わか》れを告げた。きっとまた、生《い》きてさえいれば会う事《こと》もできるだろう。

俺はヘインと握手《あくしゅ》しながら、そのときには俺も彼に負けないように成長しておきたいなと考えていた。向《む》こうもそう思っているのかもしれない。

なんとなくだが、そんな気がしていた。

ヘインと別《わか》れた後は、長い間《あいだ》お世話になった『雅《みやび》な華亭《はなてい》』で昼食を取り、宿《やど》の女将《おかみ》に別《わか》れを告《つ》げた。

エーデルおばさんはその大きな身体《からだ》で豪快《ごうかい》に笑《わら》い、

「冒険者なんだから仕方《しかた》無い！　でも、カイラルにまた来たらうちを使いなっ！　あんたもあんな悪餓鬼《わるがき》の兄さんに負けんじゃないよ！」

と、ばしばし俺の身体を叩《たた》き、山盛《やまも》りの食事をサービスしてくれた。

他《ほか》にも『雅な華亭』の常連さん、行《い》きつけの道具屋、雑貨屋の主人、ドワーフの鍛冶《かじ》士のクロルさん。色んな人が色んな形で別れを惜《お》しんでくれた。

この街で過《す》ごした短いが濃密《のうみつ》な時間を振《ふ》り返《かえ》ると、本当に色んなことがあったな、と笑《え》みが溢《こぼ》れた。楽しいことばかりではなかったが、この街に来たことは後悔《こうかい》していない。

「結局《けっきょく》よぉ。昨日の話《はなし》って、この街から逃《に》げるってことなんだよな？」

「いきなり何《なに》よ」

頭の後《うし》ろで手を組《く》みながら隣《となり》を歩いていたマイスが急に声《こえ》を上《あ》げ、シーリアがそれに反応した。俺は苦笑《にがわら》いしながらマイスに答《こた》える。

「違《ちが》うとは言《い》わないよ。もう少しここにいたかったけどね」

「まぁ、ケイトがやることには意味があるんだろうから、しゃあねえんだがよ」

マイスは歩く足を止《と》め、後ろを振り返《かえ》ってシーリアを見る。何か言いたそうだ。

言葉を探《さが》しているのか、彼はしばらく唸《うな》っていたが、きっ！　と顔を上げて俺を見る。

「そうそう、いくらなんでも急すぎるぜ。今まで一緒《いっしょ》に戦ってくれたシーリアに義理《ぎり》が立《た》たねえ。一日二日遅《おく》れたって構《かま》わないだろ」

俺の肩《かた》を両手でがしっと掴《つか》み、マイスは顔を近付《ちかづ》ける。

「ケイト。俺は頭は良《よ》くないが、これだけは間違《まちが》いねえ。お前はもっとちゃんとシーリアとお互《たが》いが納得《なっとく》できるまで話し合《あ》う責任《せきにん》があるんじゃねえか？　男ならそこは逃《に》げちゃいかんだろ」

「マイス。余計《よけい》」

拳《こぶし》を振り上《あ》げているマイスをクルスは軽《かる》く睨《にら》み、ぼそっと呟《つぶや》く。だが、マイスは萎縮《いしゅく》するでもなく、からかうように笑《わら》っただけだ。

「うん？　ほうほう自信がないのか？　クルスさんは。ま、

胸《むね》は完敗……いや、冗談冗談《じようだん》っ！　悪かったから、街中で剣は反則だって！」

「つまらない」

「怖《こわ》い怖い。ま、俺達はそれくらい世話になったからな」

マイスが言《い》っているのは当然のことだ。俺達や他《ほか》の者が危《あぶ》なくなるからといってすぐに街から逃《に》げるのは、これまで冒険を共《とも》にしてきたシーリアにあまりにも不義理。

いや、シーリアは俺達に怒《おこ》っていいくらいじゃないだろうか。

「確《たし》かにマイスの言うとおりだ。俺は焦《あせ》り過《す》ぎていたかもしれない」

「え、え……？」

シーリアは意味がわかってないのか、俺とマイスを見比《みくら》べながら困惑《こんわく》していた。

マイスはそんなシーリアに、にかっと爽《さわ》やかに笑うと、彼女の肩《かた》を軽く叩《たた》く。

「そういうわけだ！　俺とクルスで旅の準備はするからよ。先に戻《もど》ってケイトと納得《なつとく》いくまで二人きりで話し合ってくれ。なんなら殴《なぐ》ってもいいぜ？」

「え、え？　えええええ！」

いい笑顔でマイスは片目を瞑《つむ》り、シーリアは耳と尻尾《しっぽ》をぴんと立《た》てて、驚《おどろ》きの声《こえ》を上げる。

クルスは何《なに》も言わなかったが、マイスの足を思いっきり踏《ふ》み抜《ぬ》き、不機嫌《ふきげん》そうな表情《かお》で先に歩いていった。

「早く行《い》く」

「やれやれだな」

マイスは立ち止《と》まったままの俺達に手を振《ふ》り、苦笑《くしょう》してクルスの後《うし》ろをついて行った。

家に戻《もど》ると、ラキシスさんも出掛《でか》けているのか誰《だれ》もいなかった。俺達は飲《の》み物《もの》を用意して、客間《きゃくま》で椅子《いす》に座《すわ》る。が、なんだか気まずくて会話が続《つづ》かない。シーリアは視線《しせん》を外《はず》していて、時折《ときおり》目が合《あ》うと慌《あわ》てて逸《そ》らすし、俺も何を話せばいいやらわからずに困惑《こんわく》してしまう。

中々話す糸口が掴《つか》めないので、何かないかと俺は昔のことを思い出《だ》してみた。

彼女と初《はじ》めて迷宮《めいきゅう》に潜《もぐ》ったときは、わざと怒《おこ》らせた。お陰《かげ》で翌日《よくじつ》には買い物に付《つ》き合わされ、本当の彼女は明るくて奔放《ほんぽう》なんだと知ることが出来《でき》た。

迷宮に何度も一緒《いっしょ》に潜り、命懸《いのちが》けの戦いをくぐり抜《ぬ》けてきた。真《ま》っ直《す》ぐに向《む》き合って喧嘩《けんか》をしたこともあるし、それが原因《げんいん》で誘拐犯《ゆうかいはん》と立《た》ち回《まわ》りを演《えん》じたこともある。休日には、マイスや俺と出掛けたりと、とにかく俺達を引《ひ》っ張《ぱ》り回していた。

そんな風《ふう》に出会ってから今までのことを思い出《だ》していると、感《かん》じていた気まずさはゆっくりと溶《と》けていく。俺は本当に彼女に助けられていたと思うし、何《なに》よりも充実《じゅうじつ》していた。

マイスの言《い》うとおり、このまま何も話さず、全《すべ》てを彼女任《まか》せにしてしまうのは不義理《ぎり》に違《ちが》いない。俺自身の心残《こころのこ》りにもなっただろう。

「そういえば、こうやって二人だけでいるのも久《ひさ》しぶりだね」

「えっ！　そ、そうね」

「前は良《よ》く町中引っ張《ぱ》り回《まわ》されていたのにね」

俺がからかうようにそう言って笑《わら》うと、シーリアは一瞬だけきょとんとし、普段通《ふだんどお》りの表情《ひょうじょう》に戻った。

「ケイトがすぐ宿《やど》に篭《こも》ろうとするからでしょ。ずっと何か書いているんだから」

「冒険の記録を付《つ》けてるんだよ」

「貴方《あなた》をほっといたら、地味な記録になっちゃうわよ。色々見ないと」

クルスが来る前、俺達の周《まわ》りがまだ平和だった頃《ころ》の会話、そのまんまだ。シーリアも自分で言っていて気付《きづ》いたのか、くすくす笑《わら》った。

「本当にケイトが来てくれて、楽しくなったわ。気兼《きが》ねなしに外を歩けるし、私が人間じゃないことも意識《いしき》しなくてよかったし」

「俺も楽しかったよ。本当に。シーリアのお陰《かげ》で辛《つら》さも忘れてやっていけたんだと思う」

心の底からの感謝を彼女に告《つ》げる。

　だが、シーリアはそれには応《こた》えず、ゆっくりと木製のコップに入《はい》っていた果実水を飲《の》み干《ほ》し、コップを置《お》くと赤い瞳《ひとみ》を俺の方に真《ま》っ直《す》ぐ向《む》けた。

「ケイト。きちんと答《こた》えて欲《ほ》しいのだけれどいい？」

「何《なん》でも」

　彼女のあまりの真剣さに、身構《みかま》えながら俺は頷《うなず》く。

「クルスのこと、どう思ってるの？」

「好きだよ」

　即答《そくとう》した。やきもちはすぐ焼《や》くし、気難《きむずか》しかったり、喧嘩《けんか》をすることもあるが、俺の気持ちは村を出た頃から自分でも意外《いがい》な程《ほど》に変わっていなかった。

　シーリアは少し驚《おどろ》いていたが、すぐ引《ひ》きつった笑《え》みを浮《う》かべる。

「はっきり言《い》うわね。クルスの方は、ま、わかりやすいか」

「隠《かく》しても仕方《しかた》ないしね。まあ、困《こま》ったところも多いけど」

　俺は今も不機嫌《ふきげん》な顔をしながらマイスと歩いているであろう彼女を思い、苦笑《くしょう》した。

　シーリアはそうね。と笑って頷き、立《た》ち上《あ》がる。

「ケイト、そこで少し待ってて。今回も助けて貰《もら》ったし、お礼《れい》を買ってあるの」

「仲間なんだし、友達だろ。気にしなくてもいいのに」

「いいから待っておくっ！」

　彼女は怒《おこ》ったようにそう言って、二階へと上がっていく。そして、すぐに紙袋《かみぶくろ》を持《も》って階段を走《はし》って降《お》りてきた。

　余程慌《よほどあわ》てて取りに行《い》ったのか切《き》らせている息を整《ととの》え、彼女はそのまま俺の隣《となり》まで歩いてくる。そして、何《なに》かを思い出《だ》したように、わざとらしく「あ」と、声《こえ》を上《あ》げた。

「ケイト。目を瞑《つむ》って。すぐに何かわかったらつまらないでしょ？」

「あ、うん」

　早口で捲《まく》し立てるように言《い》ったシーリアの指示《しじ》に従《したが》い、俺は目を閉じる。

「良いって言うまで目を開《あ》けたらだめよ」

「了解」

　シーリアはよしっと小さく呟《つぶや》く。そして、紙袋《かみぶくろ》の落《お》ちる小さな音がして……。

　頭にゆっくりと手が回《まわ》され、唇《くちびる》にしっとりとした柔《やわ》らかい感触《かんしょく》がって！

　慌《あわ》てて目を開けると、目を閉じたシーリアが至近距離《きょり》にいた。真っ赤になりながら俺に唇を押《お》し付《つ》けて。

　たっぷり、十秒ほどしてから彼女はゆっくりと離《はな》れ、顔を赤くしたまま、いたずらに成功した子供のように笑《わら》った。

「相変《あいか》わらず隙《すき》だらけね。ケイト。仕返《かえ》し成功！」

「な、な……」

　あまりのことに声《こえ》も出ない。シーリアは、にししっと笑《わら》いながら、屈《かが》んで腰《こし》に手を当て、尻尾《しっぽ》をぱたぱた振《ふ》りながら、椅子《いす》に座《すわ》る俺の顔を正面から見る。

「私も冒険について行かせてもらうわよ。ラキシス様、お母様の故郷《こきょう》に挨拶《あいさつ》に行きたいもの。私も世界中色々と見て廻《まわ》りたいしね。お母様とは昨日お話したの。寂《さび》しいけど、親《おや》離れもしないとね。私はケイト達より年上なんだし」

　今日の朝のような、悩《なや》ましげな色は今のシーリアには欠片《かけら》も残《のこ》っていない。まさか、朝からこれを企《たくら》んでいたのだろうか。

「私を侮《あなど》ってもらっては困《こま》るわね。ゲイルスタッドの名前を背負《せお》っているんだから、情《なさ》けないことを言《い》うわけないじゃない。絶対付いて行《い》くって始《はじ》めから決めてたのよ」

　声を上《あ》げて笑いながら、シーリアは驚愕《きょうがく》している俺の頬《ほお》を指で挟《はさ》んで引《ひ》っ張《ぱ》る。

「ケイトの考えていることなんてお見通《みとお》しなの。また、私や他《ほか》の誰《だれ》かに迷惑掛《めいわくか》けないようにとか思ってたんでしょう。

本当馬鹿《ばか》なんだから」

「痛《いた》い痛いっ！」

余程《よほど》怒《いか》りを我慢《がまん》していたのか、ぐぐっと捻《ひね》ってから彼女は手を離《はな》した。

そして、微笑《ほほえ》む。

「それにね。ケイトとクルスを二人きりにはしないわ。ケイトがあの子が好きだろうと、両思いだろうと、私には諦《あきら》める気はないの。ケイトが好きだから」

「え、いや、ありがとうと言《い》うべきなのか？　それは。だけど、心変わりはしないよ」

俺はいきなりの告白に戸惑《とまど》いながらも、はっきりと彼女に告《つ》げる。だが、シーリアは全《まった》く動《どう》じてはいなかった。

「そんな旅をしている間《あいだ》に変わるかもしれないじゃない。絶対に変わらないものなんてないんだから。こちらに力尽《ちからづ》くでも振《ふ》り向《む》かせてみせるわ」

『変わらないものなんてない』というのは、俺自身《じしん》がクルスに言ったことだ。まさか自分に返《かえ》ってくるとは。と、彼女の自信満々の笑顔《えがお》を見て苦笑《くしよう》する。

その時、背後から俺の首に冷《つめ》たい手が添《そ》えられた。

「それでこそ私の娘《むすめ》ね。欲《ほ》しいものは自分の力で手に入《い》れるのが冒険者よ」

「ラキシスさん」

びくっと震《ふる》えて後《うし》ろを振り返《かえ》ると、いつのまにか、ラキシスさんが俺の後ろに立《た》っていた。彼女はシーリアを見ながら、穏《おだ》やかに微笑《ほほえ》んでいる。

「でも、旅の間《あいだ》の恋愛には気を付《つ》けなさいね。他《ほか》の人と一緒《いつしよ》の時は特に」

「わかっています」

「ケイト君も抜《ぬ》けてるところがあるから、シーリア。しっかり助けてあげなさい。魔術師《まじゆつし》として、年上として、重要な役割なのだからね」

ラキシスさんは「頑張《がんば》りなさい」と、シーリアに楽しそうに言った。

シーリアは少しだけ泣きそうになっていたが、明るい笑顔を浮《う》かべて頷《うなず》いていた。

結局《けつきよく》、シーリアは俺達と一緒に旅をすることに決めてくれた。

キスをした。いや、されたことはシーリアがクルスにあっさりとばらした。お蔭《かげ》で大荒《おおあれ》れになってしまったのだが、変に隠《かく》すよりは良《よ》かったのかもしれない。それでも、クルスが彼女の同行を認《みと》めたのは、

「ケイトも貴女《あなた》がいいって言《い》てるんだし、自信があるなら構《かま》わないでしょ。もしかして自信ないの？」

と、いうシーリアの堂々《どうどう》とした悪《わる》びれない挑発《ちょうはつ》が原因《げんいん》だろう。

本当はラキシスさんも旅に行《い》きたがっていたが、事件の後始末《あとしまつ》が残《のこ》っているために残らざるを得《え》なかったらしい。彼女は俺達に、何かあればすぐに連絡《れんらく》するようにと何度も何度も繰《く》り返して念《ねん》を押《お》し、俺達を笑顔で見送《みおく》った。本当に頼《たよ》りになる大人《おとな》だと思う。

あの日からシーリアは色々と吹《ふ》っ切《き》れたらしく、俺達に何の遠慮《えんりょ》もすることなく、日々溌剌《はつらつ》と過《す》ごしている。

クルスとの言い争《あらそ》いも真正面から受《う》けて立《た》つようになり、どことなく楽しそうにクルスをからかっている。仲良《なかよ》くなったんだろうか？

シーリアの告白に対する答《こた》えは、旅が一段落するまで保留《ほりゅう》で構わないと言われた。俺は既《すで》に答えを出《だ》しているつもりだったのだが、駄目《だめ》らしい。

そんな風《ふう》に、出発までどたばたしてしまったのだが、なんとか城塞都市《じょうさいとし》カイラルを出発した俺達は、目的地に向《む》かう前にマイスをクルト村まで送ることにした。

南のエーリディ湖を目指《めざ》す場合、クルト村は通《とお》り道にあるため、ついでに何日か村で休んでいこうということになったのである。

こうして俺達はクルト村を目指したのだが、マイスは村に近付《ちかづ》くにつれて落《お》ち着《つ》きが無《な》くなって行き、到着するや否《いな》や恋人のリイナを探《さが》して走《はし》り去《さ》っていった。

「本当にマイスは恋人が好きなのね」

「仲《なか》良い」

抱《だ》き合《あ》う二人を見つけたシーリアとクルスは片《かた》や呆《あき》れたように、片や無表情《むひょうじょう》にそう感想を漏《も》らした。俺もクルスと再会したときあんな感《かん》じだったんだろうか。

いや、流石《さすが》にそんなことは無かった気がする。

恋人と再会して喜《よろこ》んでいるマイスはそのまま放置《ほうち》し、俺達は久《ひさ》しぶりになる村の中をゆっくりと歩く。穏《おだ》やかで牧歌的な雰囲気《ふんいき》の村はあまり変わっていない。一年も経《た》っていないのだから当然かもしれないが。

時折《ときおり》すれ違《ちが》う村の人達に挨拶《あいさつ》をしながら三人で自宅を目指していると、シーリアがふと立《た》ち止《と》まり、村を見回《みまわ》して怪訝《けげん》な顔をしていた。何《なに》かあったのだろうか？

村の人達の視線《しせん》が気になるのかと思っていたがどうも違《ちが》うようだ。

「ケイト。何だか私この村に見覚《みおぼ》えがある気がする」

「ん？　でも俺は会ったことないと思うんだけど」

「私もない」

シーリアの外見は目立《めだ》つ。一度でも見れば、忘《わす》れるはずがないと思う。

旅で寄《よ》るなら俺の家に寄らないはずはないし。

「気のせいかなぁ」

家に着《つ》くまでシーリアはそんな様子《ようす》だったが、家に着《つ》くとシーリアは、はしゃぐように俺の肩《かた》を叩《たた》くと大声《おおごえ》を上《あ》げた。

「あ、絶対知ってる！　私、ここに住《す》んでたことある！」

「は？」

クルスが取り乱《みだ》しているシーリアを無視《むし》して、扉《とびら》をノックする。

しばらくすると、中から夕食を作っていたのかエプロン姿《すがた》のマリア母《かあ》さんが出てきた。

マリア母さんは俺達を見ると少しだけ驚《おどろ》き、すぐに目を細めて嬉《うれ》しそうに微笑《ほほえ》んだ。

「お帰《かえ》りなさい。ケイト、クルス。それに、シーリア……よね？」

「は、はい！　こんにちはっ！」

シーリアは緊張《きんちょう》している様子《ようす》で顔を強《こわ》ばらせながら、マリア母さんに深々《ふかぶか》と頭を下《さ》げた。母さんはシーリアに近付《ちかづ》くと、優《やさ》しく頭を撫《な》でる。

「大きくなったわね。貴女《あなた》には息子がお世話になったみたいね」

「いえ、ケイトには私が世話になってしまって。ケイトが命賭《いのちが》けで守ってくれたし……その……あ、そうだ。ラキシス様から手紙を預《あず》かってます」

あたふたしながらシーリアは鞄《かばん》から手紙を取り出《だ》し、にやりと笑《わら》って俺を見ているマリア母さんに手紙を渡《わた》した。マリア母さんはエプロンに手紙をしまい、シーリアの方を複雑《ふくざつ》そうな表情《かお》で見る。

そして、言葉を選《えら》ぶように間《ま》を空《あ》けて口を開《ひら》いた。

「ラキシスはちゃんと親《おや》が出来《でき》てた？」

「え？　はい。最高の親だと思ってます」

「信じられ……いや、それなら良《よ》かったわ。さ、いい時間に帰ってきたわ。すぐに食べる物《もの》を用意するわ。クルスは家に戻《もど》りなさい。ガイ達が喜《よろこ》ぶわ」

シーリアの返事《へんじ》を聞《き》き、母さんが微妙《びみょう》に眉《まゆ》をよせたが誤魔化《ごまか》すように笑って、クルスの方を向《む》く。クルスは頷《うなず》き、自分の家の方に荷物《にもつ》を担《かつ》いで歩いていった。

マリア母さんによると、正式にラキシスさんの養女になるまでの間《あいだ》、一ヶ月ほど家で預かっていたらしい。俺とクルスが知らないのは、まだ赤ちゃんだったからのようだ。

その時には何《なに》か大変なことがあったのか、マリア母《かあ》さんはぼかして苦笑《にがわら》いしていた。

思い返《かえ》すと俺だけでなく次兄のカイル兄さんやエリー姉さんも、ラキシスさんと俺が初《はじ》めて会ったときは初対面だった。ラキシスさんは村まで引《ひ》き取りに来たわけではないのだろうか。

謎は深《ふか》まるばかりだ。

しかし、一ヶ月もここで過《す》ごした割に俺と初対面の時には嫌《きら》われていた気がするのだが、後《あと》で聞《き》くと名前は覚《おぼ》えていなかったらしい。ラキシスさんも説明してくれればいいのに。

一番上の兄、トマス兄さんはちゃんとシーリアのことを覚《おぼ》えていた。この分だと、シーリアと同じ年の姉も覚えているかもしれない。

シーリアは徐々《じょじょ》に昔のことを思い出《だ》したのか、マリア母さんやトマス兄さんと楽しそうに話し、リラックスした様子《ようす》で家で過《す》ごしていた。

マリア母さんに誘導尋問《ゆうどうじんもん》され、キスのことまでばらされた時には困《こま》ったが。

母さんはクルスとのことを知っているはずなのに、彼女にも頑張《がんば》れと煽《あお》っていた。面白《おもしろ》がるのはいいが、正直勘弁《かんべん》して欲《ほ》しいものである。

翌日《よくじつ》、俺とクルス、そしてシーリアは南の山の頂上で昼食を食べていた。

ここはクルスとの思い出がある場所だ。

子供の頃《ころ》は登《のぼ》るだけで辛《つら》かった山も、今では楽に登ることが出来《でき》る。これほど小さい山だっただろうかと、懐《なつ》かしく思う。

体力のないシーリアは息を切《き》らせて、クルスに手を引《ひ》かれてなんとか登っていたが。

「絶景《ぜっけい》ね！　ごーんなに広いんだ。エーリディ湖っててっ！」

しかし、その素晴《すば》らしい風景《ふうけい》は成長した今も変わらない。

終始《しゅうし》涙目だったシーリアも頂上に着《つ》くと元気を取り戻《もど》し、眼下《がんか》に広がる果《は》てが見えないほど広い湖を見て、目をきらきらさせて感動したように声《こえ》を上《あ》げていた。

俺は座《すわ》って落《お》ち着《つ》いた気持ちで湖を見る。いつかはあそこに行《い》きたいと子供の頃《ころ》から思っていた。意外《いがい》と早かったなと思う。

クルスが子供の時と同じように俺の隣《となり》に座って、背中の後《うし》ろに付《つ》いている俺の手に、そっと自分の手を重《かさ》ね合《あ》わせる。

「ケイト。船《ふね》乗《の》れるね」

彼女も覚《おぼ》えていたのだろう。

照《て》れたように頬《ほお》を赤く染《そ》め、湖の方を見ながらクルスが小声で言《い》った。

「大人《おとな》になったから乗れるか」

「うん、ケイトと一緒《いっしょ》に乗る」

幼い俺達は大人になった俺達が、こうして本当に船に乗ることを決めたことをどう思うのだろう。喜《よろこ》ぶだろうか。子供から変わらないことに呆《あき》れるだろうか。

そう思うとなんだかおかしくなって、俺は声《こえ》を上《あ》げて笑《わら》った。

当時は自分一人で船に乗るつもりで話していたが、彼女は彼女なりに本気で冒険したいと考えていたのだろう。彼女は自分のやりたいことを自分で決めたのだ。

「何二人でいい雰囲気《ふんいき》になってるのよ」

シーリアは苦笑《にがわら》いしながら俺の隣《となり》に腰掛《こしか》ける。クルスは慌《あわ》てるように重《かさ》ねた手をどかせ、真っ赤になって顔を背《そむ》けた。

「ケイトが世界を見て廻《まわ》りたいって言ったのもわかるわね」

「あの湖の向《む》こう側はどうなっているんだろうね？」

「さあ。わからないわ。でも、面白《おもしろ》そうね！」

シーリアがくすりと笑ってすぐに口を閉じ、水平線の彼方を見るように目を細める。

クルスも彼女に同意するように頷《うなず》いた。

俺達は先に待ち受《う》けている冒険のことを考えながら、三人並んで雄大な風景《ふうけい》を静《しず》かに眺《なが》め続《つづ》けていた。

エピローグ　分かれた選択

　村に戻ってから数日が経ったある日、俺はマイスに誘《さそ》われて、とりとめもない話をしながら村の中をゆっくりと歩いていた。天気は良く、初夏《しょか》の静《しず》かな風が心地いい。

マイスが初めに俺を連《つ》れてきたのは、俺達も子供の頃よく遊んだ村外れの草むらだった。

　背の低い草が一面に広がった草むらでは俺達がそこで遊び回っていたように、今は新しい世代の子供達が楽しそうに追いかけ合ったりして遊んでいる。

　昔の俺達もきっと、こんな風に無邪気で楽しそうだったのだろう。

　そう思うと、自然に笑みが溢《こぼ》れる。

「おぉ～い！　ケイトを連れてきたぜ！」

「あ、マイス兄ちゃん。ほんとだ！」

「ケイト兄ちゃんだ！」

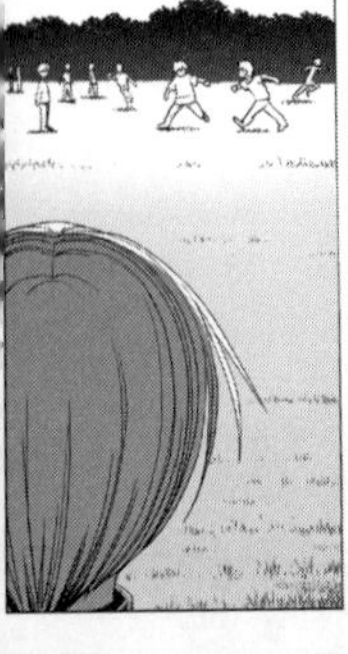

マイスが手を振《ふ》って大きな声を上げると遊んでいた子供達が俺達の所へと集まってきた。村中の子供が集まっているのではと思うほど、今日は子供の人数が多い。

男の子が多いが女の子も混《ま》じっている。皆一様に好奇心を抑《おさ》えきれないといった感じのわくわくしているような表情《かお》で俺達に注目していた。

俺はどういうことかとマイスに視線《しせん》を向ける。

「こいつら俺の話《はなし》じゃ信じねえんだよ」

「だって、マイス兄ちゃんいちいち大袈裟《おおげさ》なんだもん！」

「そーだそーだ！」

子供達の非難《ひなん》にマイスは笑いながら肩《かた》を竦《すく》め、ばしっと俺の肩を叩《たた》く。

「お前らもこいつの話なら信じるだろう？」

大袈裟に胸を反《そ》らせてマイスが子供達に向かって問《と》い掛《か》ける。周りに集まっている子供達は、そんなマイスを見て楽しそうに声を上《あ》げて笑《わら》った。

「ケイト兄ちゃんならなぁ」

「なんか嘘とか付《つ》けなさそうだしっ！」

「マイス兄ちゃんと違《ちが》って真面目《まじめ》だもんねっ」

「ひでーな、俺だって真面目だぜ？」

マイスは草むらに座《すわ》り込《こ》んでしょんぼりと肩を落とし、落ち込んでいる振りをする。すると、子供達の中でも幼い少女が転《ころ》びそうになりながら彼に近づき、ぽんぽんと背中を叩《たた》いた。「わたし、まいすにーちゃ、しんじてる！」

「おう、ありがとな！」

笑顔でその子にマイスは礼を言《い》って、膝《ひざ》の上に載《の》せた。

俺はそんな彼の隣《となり》に座《すわ》り込《こ》む。

子供達も俺達に倣《なら》うように俺達の前に座った。

こうやって冒険のことを話すのは初めてではない。俺もマイスもクルスも、そして、シーリアも話をしている。だけど、子供達の好奇心はまだ満《み》たされていないらしい。

シーリアは特に子供達に人気だった。耳と尻尾《しっぽ》が好奇心の対象らしく、彼女は本気で逃げ回り、子供達は楽しそうにそれを追いかけていた。

今回はマイスをだしにして、俺から話《はなし》を聞きたかったのだろう。

マイスはおそらく俺よりも子供の信頼を掴《つか》んでいると思うし、子供達は彼の話もきっと信じていると思っている。

俺はそこまで考え、わざとらしく大袈裟《おおげさ》に咳払《せきばら》いして子供達に笑《わら》いかける。

「よし、じゃあ今日は俺がマイスの話とは違《ちが》う、本当の冒険の話をしよう！」

「おいおい！　酷《ひど》いなケイト」

マイスは苦笑《くしょう》しながら頭を掻《か》き、子供達はそんなマイスを見て楽しそうに笑っていた。

「それじゃまず何から話そうか……」

「迷宮《めいきゅう》！　迷宮っ！」

「えーっ！　城の話がいいー！」

「わたし、えるふさんききたい」

子供達のばらばらな要求に、俺はゆっくりと答えていく。

時には楽しく、時には子供達の好奇心をさらに煽《あお》るように、そして、迷宮や魔物など危険を伴う話では怖《こわ》がらせることを意識しながら。

「こんなものかな？」

「なぁケイト兄ちゃん。マイス兄ちゃんとどっちが強いの？」

一通《ひととお》り話を終えた俺に、身体《からだ》の小さな少年、確《たし》かカースという名の少年だ……が真《ま》っ直《す》ぐ見つめて、唐突《とうとつ》にそんなことを聞いてきた。

子供達を見回《みまわ》すと全員が気になっていたのか、興味《きょうみ》深そうな視線《しせん》を俺達に向けている。

俺は内心とんでもないことを聞いてくるなぁと思いながらマイスに助けを求《もと》めた。

だが、マイスは何か企《たくら》んでいるのか、にやっと俺に笑《え》みを返《かえ》してくる。

「馬鹿《ばか》だな……お前らは。俺に決まってるじゃないか。身体《からだ》のでかさが違《ちが》うだろ」

「うーん確《たし》かに〜ケイト兄ちゃんちっこいしなぁ」

マイスは膝《ひざ》の上に座《すわ》っている子供の頭を撫《な》でながら笑《わら》って胸を反《そ》らし、子供達も首を傾《かし》げながらも納得するように頷《うなず》いた。俺に聞いてきたカースはしょんぼりしている。

（こいつは）

俺は左手で頭を掻《か》いた。確信犯だろう。

マイスは本気で言《い》っているわけではない。誘《さそ》っているのだ。この説明では俺は子供達の教育のためにも逃《に》げるわけにはいかない。

（困《こま》ったやつだ）

そう思いながらも、俺はマイスの誘いに乗《の》る。

「カース。身体の大きさが強さではないよ。マイスより俺の方が強いんだから」

「え、ケイト兄ちゃん、本当？」

「ああ。小さくても、戦い方が上手《うま》い方が勝つ。よく見ておくんだ」

　疑《うたが》っている小さな少年に俺は頷《うなず》き、立ち上《あ》がって身体に付《つ》いた草を払《はら》う。それを見たマイスも幼い少女をゆっくりと降《お》ろして立ち上がった。

「そうこなくっちゃな。ケイト」

「子供が真似《まね》したらどうするんだ。この馬鹿」

「ははっ！　それくらいが元気でいいんじゃねえか」

　全《まった》く悪《わる》びれずにマイスは笑い、子供達を見回《みまわ》す。

「おい！　お前らはどっちが勝つと思う？」

「マイス兄ちゃん！」

「ううーケイト兄ちゃん！」

　子供達は真剣な表情《かお》でどちらが勝つかを考え、声を上げる。

　どちらかというとやはりマイスが多いか。こればかりは仕方《しかた》がない。

「ケイトと組手をするのも久《ひさ》しぶりだな」

「後悔《こうかい》するぞ。マイス」

俺達は昔の修行の時のように距離を空《あ》けて構《かま》え、笑《わら》いあう。

そして、マイスはその辺《へん》に落ちていた小石を拾《ひろ》い、高々《たかだか》と空に向かって投げた。それが地上に落ちた瞬間、俺達は距離を詰《つ》めてお互いの拳《こぶし》を交《か》わす。

「すっげー！　ケイト兄ちゃーん負けるなー！」

「マイス兄ちゃん！　やっちゃえっ！」

急に始まった俺達の戦いに子供達が歓声《かんせい》を上げる。

俺達はそんな子供達の応援《おうえん》に答えるかのように本気で殴り合いを続け、気が付《つ》けばそんな声も気にならないほどに集中して戦っていた。


夕方になると俺達は子供達を家に返《かえ》し、修行をしていた頃《ころ》によく五人で雑談をしていた傾斜《けいしゃ》のある場所に二人並んで寝転《ねころ》がり、空を見ていた。

久々の本気の組手に身体《からだ》は痛《いた》んで火照《ほて》っているため、涼《すず》やかな風が気持ちいい。

「引き分けか。あー痛てぇ」

「子供の教育に悪《わる》そうなことさせるんじゃない」

「おっさん臭《くさ》いこというなよ。お前が弱いもの虐《いじ》めだけは絶対に駄目だ！　って言《い》い聞かせてたから大丈夫だって」

マイスは寝転びながらぐっと身体を伸《の》ばして笑う。

「面倒なことは俺に任《まか》せて楽しむだけ楽しんだだろ。マイス」

「そう言うな。お前も楽しんだろ。こう、退屈というか、もやもやした気持ちが溜《た》まってるって顔してたぜ。お前。溜め込《こ》むタイプだからな。昔から」

マイスにそう指摘《してき》され、俺は自分の顔を触《さわ》る。

確《たし》かに気分はすっきりしているだけに、マイスの言葉を否定しきれない。そんな顔をしていたのかと左手で頭を掻《か》いた。

「あいつらはお前のそういうところには気が付《つ》かないからな」

「心配だぜ」と、呟《つぶや》き、マイスは空を向いたまま苦笑《にがわら》いする。あいつらというのはクルスとシーリアだろう。

「そういや、カイラルに着《つ》いたばかりの時もそうだったし、シーリアと仲違《なかたが》いした時もそうだったか。クルスの時も。俺も進歩《しんぽ》がないな」

「懐《なつ》かしいな。もう何年も経《た》ったみたいだぜ」

俺は街に着《つ》いたばかりの頃《ころ》には緊張《きんちょう》から用心し過《す》ぎ、視野の狭《せま》い考えになっていたことを思い出す。あの時もそれに気《き》付《づ》く切欠《きっかけ》を与《あた》えてくれたのはマイスだった。

「俺は村に残るからな。ケイトも自分で気を付けろよ？」

「ああ、わかった。ありがとう」

寝転《ねころ》がっていたマイスは半分だけ身体《からだ》を起こし、夕日を見て目を細める。微笑《ほほえ》んでいるが寂《さび》しそうな、そんな表情《かお》に俺には見えた。

「あーくそ、俺も行きてえなぁ。黙って行ってしまうか」

「おいおい。本気か？」

思わず慌《あわ》てて俺は身体を起こす。マイスはそんな俺を見て笑《わら》っていた。そしてもう一度、頭の後ろで手を組んで草むらに寝転がる。

「冗談だって冗談。リイナも子供も放《ほう》って行けねえよ」

「焦《あせ》らすなよ」

俺は非難《ひなん》するようにマイスを見たが、彼は俺を見ず、遠くを見るように空に視線《しせん》を向けている。

しばらく何も話さず、空を見続《みつづ》けていた。

何と無く俺も、もう一度寝転がって空を見る。やがて、マイスはぽつりと言《い》った。

「見知らぬ街に行き、不思議な物を見つけ、新しい出会いを楽しんで生きる」

「ジンさんの家にあった『グルーク冒険譚』だな」

ああ。と短くマイスは肯定《こうてい》する。子供の頃にジンさんの家で、俺がマイスに勉学への興味《きょうみ》を持ってもらうための教材に選《えら》んだ本だ。

「リイナは大事だ。ずっと一緒にいたい。だけど、お前と一緒に馬鹿《ばか》をやりながら胸が踊《おど》るような冒険を続けていたいって気持ちもあるんだ。俺は変か？」

物事は単純には割《わ》り切《き》れないこともある。

一つの決断をしても、他の答えを完全に忘却《ぼうきゃく》することは出来ない。

「いや、変じゃない。俺もマイスと旅できれば楽しいと思ってる」

「そっか。へっ……ままならねえな。自分で選んだことだってのによ」

マイスは答えを既《すで》に出していた。村に残るということを。

俺にとっても簡単に割《わ》り切《き》れることではない。幼い頃《ころ》から共に修行し、笑《わら》い合い、時には喧嘩をし、命懸《いのちが》けの冒険も共に乗《の》り越えてきた親友と別れるのだ。

それを考えるだけで、胸は締《し》め付《つ》けられるように痛《いた》い。

「おい、ケイト」

「何？」

顔《かお》を少し横に向けてマイスを見ると口元を引き締め、真剣な表情をしていた。

「絶対に死ぬなよ。俺とリイナの子供、見せるからな」

「ああ、死なないよ。子供に自慢《じまん》できる最高の冒険者になってみせるさ」

それを聞くとマイスは大笑《おおわら》いして、からかうような顔でこちらを向いた。

「美女二人の尻《しり》に引かれていることで有名になってんじゃねえか？」

「あーえー、そ、それはない……はず！」

「何でそんな自信ないんだよっ！　無いって断言しろよ！」

俺達は赤に染《そ》まった草むらで顔を合わせ、声を上げて笑いあう。
思いの外《ほか》長くなる親友との別れの時は間近《まぢか》に迫《せま》っていた。

あとがき

この度は第三巻を購入して頂き、有難うございます。鵜一文字です。第二巻から随分とお待たせしてしまい、本当に申し訳ありません。

今回の話は元々二巻の部分と合わせて一つの話になっていました。書籍化するにあたり、前半後半共に大幅な追加を入れて独立した巻にしております。

作品を作るとき、私は先に『テーマ』を考えています。二巻は『新しい出会いと友情』だったように第三巻は『それぞれの別離』を主眼に置きました。

移動手段は徒歩や馬、といった世界なのでただ旅をするだけでも、長い時間が掛かります。そうなると住み慣れた故郷に住む人々とは一時の別れをしなければなりません。いろんな街を元々行き来している商人なら別ですが、定職を持っている人達はそれを失う可能性が高いことも意味しています。

旅をすることは大きなリスクも抱えているので、若さに任せて一山当てる的な人で無ければ相当悩むのではないでしょうか。

また、旅は永遠に出来るわけではありません。主人公のケイトもそのことは意識していて、それ故の『旅日記』でもあります。描写することは少ないでしょうが、彼のノートには主観的な普通の日記の内容と一緒にシーリアが『つまらない』と評した、客観的で地味な街の様子やおよその人口といった情報もなるべく多く書き込まれています。

これは表の話には出てこないとは思いますが、故郷で読んだ紀行文が物語のような大げさで主観的なものばかりだったことも影響しています。

しっかりと現実的な事を書いて本にして、旅が終わった後の生活に役立てようと考えているわけです。当人はそんな自分が自意識過剰なようで恥ずかしがっているのですが、他にも生活のための手段は考えていて、始まる前から終った後のことまで悩むのはどうだろうと自問自答しながら、彼は旅をしているのだと思います。

登場人物達も若いので色んな出来事、難題に遭遇します。それは、異世界ならではな危険であったり、現代でも良くある難問であったりと色々ですが。名前も登場していないこの世界の住人達もそれぞれ悩みを抱えて強く生きているといつも想像しています。

そういった当たり前のことを今後も大切にしていきたいですね。

最後になりましたが、今回も多大なご迷惑をお掛けした上にかなりの部分で助けて頂いたイラストレーターのＫＯＮＲＩ氏、フェザー文庫関係者様、そして、購入して下さった読者の皆様には最大の感謝を。深く御礼を申し上げます。

次巻でお会いできれば幸いです。

平成２５年３月　鵜　一文字

フェザー文庫

地味な青年の異世界転生記

朋友《とも》との別離

鵜 一文字
（う いちもんじ）

イラスト
KONRI

発　行　二〇一三年五月二十四日

発行者　窪田 和人
発行元　株式会社 林檎プロモーション
〒四〇八-〇〇三六
山梨県北杜市長坂町中丸四四六六
TEL〇五五一-三二-二六六三
FAX〇五五一-三二-六八〇八
MAIL ringo@ringo.ne.jp

製本・印刷　シナノ印刷株式会社

ISBN978-4-906878-10-9 C0193
www.ringo.ne.jp/